Londra 04/03/2020

BLANCHE

BLANCHE

SI ACQUATTÒ NELL'OMBRA DI RUE DE BRETAGNE, VELOCE COME UN GATTO. LO SPADINO CHE PORTAVA AL FIANCO TINTINNÒ, DEBOLMENTE, SUL SELCIATO. *FATEVI VEDERE, ADESSO.*

E, come in risposta alla sua richiesta, la porta di un'abitazione gemette sui cardini. Ne sfilò fuori una figura completamente nascosta da un tabarro da uomo, ben più lungo della sua altezza, che strisciava a terra. La figura si fermò sulla soglia per controllare che non ci fosse nessuno e Blanche si accovacciò ancora più a fondo nell'angolo in cui si era nascosta.

Smise anche di respirare. Nei lunghi istanti che seguirono, uno dei due cavalli aggiogati alla carrozza sbuffò dalle froge, inquieto, e raschiò piano lo zoccolo al suolo.

Il cocchiere, mezzo addormentato sulla cassetta, ciondolò il capo. L'appuntamento della sua padrona era dunque terminato?

Adesso lo vediamo, signora bella.

La luce di una candela si delineò alle spalle della figura intabarrata. A reggere il lume era monsieur Pernelle, il padrone di casa nonché della piccola, ma prestigiosa, bottega di oli ed essenze lì accanto. Era scarmigliato, come se si fosse appena alzato dal letto.

D'istinto la donna gli fece cenno di non uscire. Allungò la mano libera dalla borsa per sfiorare quella del signor Pernelle e si incamminò in direzione della carrozza, strisciando a terra l'orlo del vestito. La giovane de la Fère le fissò l'ampio soprabito.

Scommettiamo che quello è il tabarro di monsieur Pernelle?

Blanche attese di sentire nuovamente cigolare la porta, si lasciò superare dalla figura vestita di nero e aspettò che salisse sulla carrozza.

Adesso!

Scattò sul retro del calesse con tutta l'agilità di cui era capace, nell'attimo stesso in cui il cocchiere la metteva in moto. Rischiò di scivolare a terra ma, con un ulteriore saltello, si mise in equilibrio tra le estremità delle asticelle porta bagagli che spuntavano dal fondo dell'abitacolo.

Non romperti proprio adesso, siamo leggere leggere, ben più leggere del corredo di una qualsiasi dama di compagnia.

La carrozza si avviò, sempre più veloce, e Blanche cominciò a sussultare per i colpi che le arrivavano a ogni buca o cunetta della strada.

Forza, forza, non ci vorrà molto.

E invece le sembrò che quel viaggio da clandestina durasse un'eternità.

Le vie di Parigi scorrevano veloci e buie alle sue spalle, non così veloci da impedirle di riconoscere dove stavano andando, ma abbastanza buie da non permetterle di prevedere gli scossoni.

Raggiunsero il cancello di una villa, lo superarono e, nel passare sulle pietre della soglia, forse per via della velocità eccessiva, la carrozza fece una piccola impennata. E uno dei due appigli a cui era appesa lei si ruppe. Blanche rischiò di rotolare a terra.

Sfiorò la ghiaia con le suole degli stivali e si appoggiò, con tutto il suo peso, all'appiglio superstite.

Il cocchiere fece improvvisamente rallentare i cavalli.

– Che cosa succede? – domandò una voce femminile dall'interno. – Perché rallentiamo?

Nel riconoscere quella voce, e il giardino della villa in cui si trovavano, la spia della regina capì che la sua missione poteva anche concludersi lì.

– Siamo praticamente arrivati, signora – rispose infatti il cocchiere.

E fece percorrere gli ultimi metri del viale al passo, permettendo a Blanche di tenersi con una mano alla carrozza e di correrle facilmente dietro, in scia, nel buio della notte parigina.

Quando si fermarono, la giovane spia strisciò in fretta sotto alla pancia lucida della carrozza.

Guardò il giardino attraverso gli zoccoli dei cavalli, poi vide gli stivalacci dell'uomo fare tutto il giro. Quando si accorse del perno spaccato, lo sentì imprecare.

A quel punto, anche il passeggero intabarrato scese sul ghiaietto.

Blanche sorrise sorniona alla buona sorte.

Mai lasciare la carrozza di notte, nemmeno nel giardino di casa propria, quando si sta tramando contro la regina.

– Che cosa è successo? – domandò la voce di madame Brûlard.

Blanche aspettò il momento opportuno, poi uscì da sotto la pancia della carrozza, si infilò furtiva dentro la carrozza e afferrò la borsa di pelle scura dal sedile. Diede una pacca sul collo di uno dei cavalli, per farlo agitare un po', e nel trambusto che seguì si nascose tra i cespugli del giardino.

Di lì, passò dall'ombra di un albero all'altro. Solo dopo che ebbe scavalcato il muro di cinta della villa, e fu atterrata in strada, sentì il grido stridulo della signora Brûlard.

– Per la miseria! La mia borsa! Dov'è finita la mia borsa?

Troppo tardi, signora mia. La borsa, adesso, è al sicuro.

E corse, nella notte, verso la cupola dell'Oratoire du Louvre.

La nostra missione sta per concludersi, pochi minuti ancora...

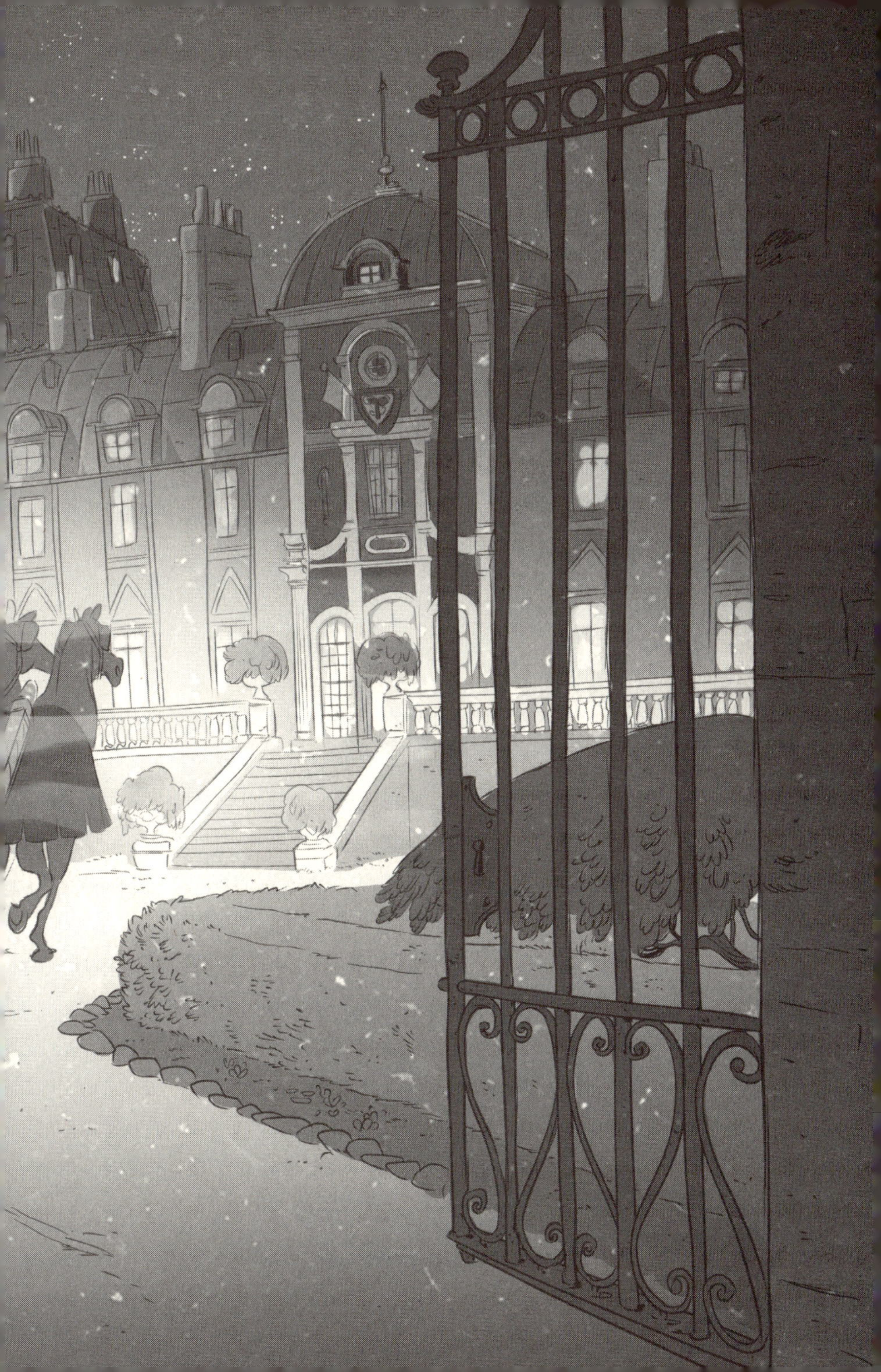

© 2019 Book on a Tree
Per i diritti internazionali © Book on a Tree
A story by Book on a Tree
www.bookonatree.com

Testi: Lucia Vaccarino *e* Gloria Danili
Progetto grafico e impaginazione: Laura Zuccotti
Editing: Clare Stringer
Redazione: Beatrice Drago

www.battelloavapore.it

Pubblicato per PIEMME da Mondadori Libri S.p.A.
I Edizione 2019
© 2019 - Mondadori Libri S.p.A., Milano
ISBN 978-88-566-7123-0

Anno 2019-2020-2021   Edizione 1 2 3 4 5 6 7 8 9 10

Finito di stampare presso Grafica Veneta S.p.A.
Via Malcanton, 2 – Trebaseleghe (PD)
Printed in Italy

IL BATTELLO A VAPORE

Angélique Chevalier

BLANCHE
CUORE DI MOSCHETTIERE

Illustrazioni di
Paola Antista

PIEMME

CAPITOLO I

UN CADEAU PER IL RE!

Nonostante l'ora notturna, nel palazzo reale cominciava già a esserci un certo viavai di domestici, quanto bastava per dover fare attenzione a infilarsi tra i cavalli nella corte dell'Oratoire. Blanche raggiunse una certa porticina della chiesa, con il fiato in equilibrio sullo stomaco - sarebbe stato un peccato farsi scoprire alla fine di tutto - e da lì scese nella cripta. Il passaggio segreto era nascosto dietro l'altare. Scendeva, con una scaletta ripida, a un corridoio che passava sotto ai giardini reali e, una volta a palazzo, portava con una lunga scala a chiocciola fino alla sua camera da letto. La ragazza salì rapidamente i gradini, e solo quando raggiunse la porticina mimetizzata nella tappezzeria a fiori della sua stanza si fermò a riprendere fiato. Si sfilò lo spadino e l'astuccio di grimaldelli. Una volta certa che la camera fosse vuota, vi entrò e richiuse con attenzione la porta, in modo che scomparisse tra i muri, poi si diresse alla finestra che aveva lasciato aperta. Il cielo stava schiarendo prima dell'alba e le nuvole della notte si sfilacciavano sui tetti delle case.

Che meraviglia sei, Paris*!*

Aprì la borsa che aveva rubato alla signora Brûlard mentre ancora guardava la parata di ban-

Un cadeau per il re!

dierine, stemmi e araldi che erano stati sistemati nottetempo nel cortile. Una costellazione di gigli bianchi, simbolo della *grandeur* imperiale dei Borboni, era stata issata proprio davanti alla sua finestra, lungo l'intero perimetro del palazzo reale. Ci si avvicinava al 27 settembre 1633.

Il compleanno del re Luigi XIII.

Ma non era certo un regalo, quello che Blanche pensava di trovare dentro alla borsa.

E in effetti...

Infilò entrambe le mani e poi contemplò, alla luce dell'alba, due flaconcini e un portacipria protetti da un pugno di stoffa. Le bastò guardarli e annusare quel po' di essenza rimasta per riconoscerli come parte del corredo di cosmetici della regina.

È stata lei!

Il prezzo del contenuto di quei flaconcini e di quel portacipria era custodito in un sacchettino di pelle: cinque monete d'oro.

Nascose tutto in fondo all'armadio dei vestiti: il sacchettino, i flaconi e il portacipria, spada, spadino. Appallottolò i vestiti da spia della regina sotto al letto. Poi si tuffò tra le lenzuola profumate di bucato, per godersi gli ultimi istanti di libertà che ancora le restavano.

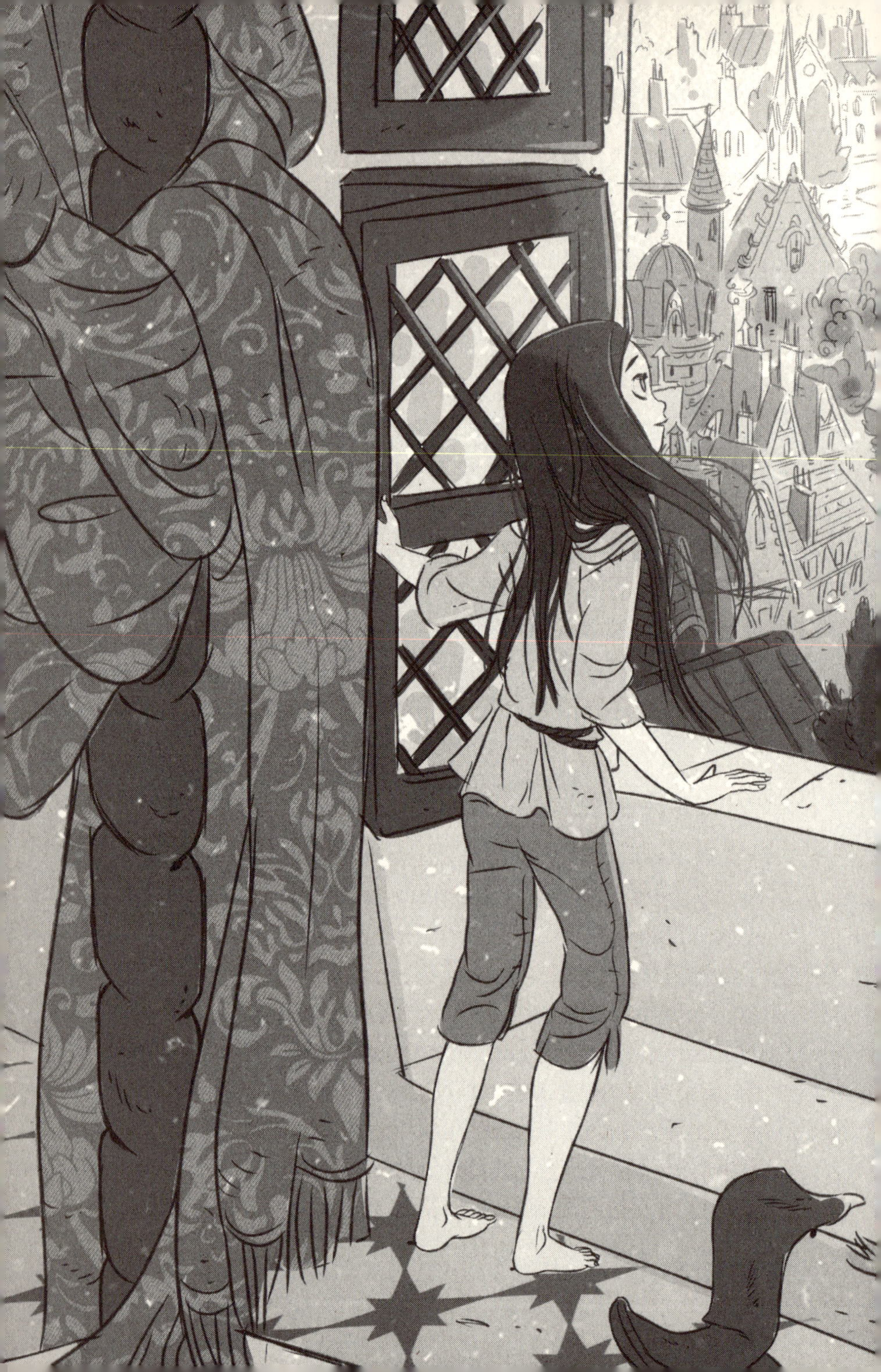

Che meraviglia sei, Paris...

Capitolo I

Di lì a poco, infatti, sentì bussare alla porta.
Ed ecco che inizia la grande messa in scena della dama di corte! Primo atto!
Si finse addormentata anche se, nel respirare a fondo per far finta di russare, si sentì addosso tutti gli odori della notte e dei cavalli.
La porta si socchiuse per lasciare entrare la sua fedele domestica, puntuale come l'orologio di Notre Dame: Alphonsine.
– *Bonjour*, mademoiselle Blanche! – esordì la dinamica governante, puntando alle tende che velavano la finestra. – Spero vi siate riposata e abbiate fatto bei sogni, signorinella!
– Altroché, Alphonsine! – rispose Blanche con uno sbadiglio. Quella notte aveva dormito poco, ma di sicuro la regina ne sarebbe stata contenta.
Saltò giù dal letto forse con un pizzico di energia di troppo, sollevando la camicia da notte sopra le ginocchia. Solo allora si accorse che, immobile sulla porta, impietrito alla vista delle sue gambe nude, c'era un valletto della regina, in livrea rosso carminio.
– E buongiorno a te, petit Antoine!
– MA-DA-MI-GEL-LA! – strillò allarmata la donna, le mani al cielo e il cuore in gola. Poi si sca-

Un cadeau per il re!

picollò all'impazzata per nascondere la vista della ragazza seminuda.

E che sarà mai, la biancheria!

Non sapendo che altro fare, l'uomo abbassò il capo in un inchino di gesso mentre l'anziana signora, pallida come un albume, trascinava Blanche dietro un *séparé* color albicocca.

– *Mon Dieu!* Quanta pazienza devo avere con voi, mademoiselle! – protestò Alphonsine con vigore.

– Adesso puoi muoverti, Antoine! – esclamò Blanche, divertita dal fatto che quell'altro era ancora immobile sulla soglia, fisso come un'alabarda, la testa china sulla punta dei suoi piedi.

– Ho un messaggio per voi – balbettò il servitore, mostrando la piccola busta che reggeva tra i guanti di raso. Non senza temere una possibile reazione di Alphonsine, la appoggiò sopra una sedia a rocchetto accanto all'ingresso. Poi, nell'allontanarsi e richiudere la porta della camera, gli sfuggì un sorriso.

A quel punto la giovane de la Fère scoppiò in una fragorosa risata: – Ah ah! Povero Antoine! Non vorrà mai più fare consegne per me, temo!

– E io invece temo proprio l'esatto contrario! –

Capitolo I

sbraitò Alphonsine. Quindi si rimboccò le maniche e si tuffò nel baule dei vestiti.

Li tirò fuori a uno a uno, studiandoli in controluce.

– Strappo! Buco di cenere! Macchia di inchiostro! E questa? Sugo alle anatre...? Santa Radegonda, madamigella! *Vous êtes irreprensible,* inarrestabile! Incorreggibile! – esclamò, gettandoli tutti sul pavimento, incredula. – Questo non è un guardaroba! È un campo di battaglia!

– Voi combattete con sapone, ago e merletto, Alphonsine... – ribatté lei uscendo dalla sua piccola trincea di legno per controllare il biglietto che le era stato recapitato – e io con parole, noia e fioretto!

Alphonsine restò per un istante a guardarla, tenendo in mano un vestito che le parve più presentabile degli altri. – Non ci provate neppure, a fregarmi con le belle parole, contessina! Con me non attaccano! Ah, se non attaccano! Questo, avanti!

– È malva, Alphonsine! – protestò lei. – Lo sai, io detesto il malva!

– Ma se è il colore più in voga a palazzo! Il più chiacchierato!

– Appunto! Sarò costretta a sentire assurde ciance sulle presunte proprietà curative del color malva per

Un cadeau per il re!

tutto il giorno! È la tua vendetta, vero, Alphonsine?
– Esatto, signorinella! E ora correte alla toeletta! Avete un odore terribile! Sembrerebbe cavallo! – ruggì la domestica, annusandole i capelli nauseata. – Avanti, siete o non siete una dama di compagnia della regina?

La ragazza fissò la governante con gli occhi che brillavano. *Lo siamo?* si domandò. O era la sua spia? O la spia del cardinale, il nemico giurato della regina Anna?

Chi era, in realtà, Blanche de la Fère?

Nel dubbio, non sapendo dare una risposta a quella domanda, si lasciò lavare e pettinare, fissandosi allo specchio.

– Restate così, ferma! Ho detto ferma! Certo che questi capelli, madamigella, sono uno sberleffo alla vostra bellezza!

Che cosa ci può essere scritto, su quel biglietto?

Alphonsine non le lasciò il tempo nemmeno di sfiorarlo. La sistemò e manipolò come un impresario teatrale fa con le sue marionette, senza mai smettere di lamentarsi.

– *Ça va...* ma non siete curiosa di sapere cosa indosserete alla festa del re? Sto lavorando al vostro abito da più di un mese!

Capitolo I

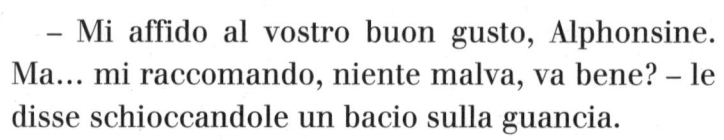

– Mi affido al vostro buon gusto, Alphonsine. Ma... mi raccomando, niente malva, va bene? – le disse schioccandole un bacio sulla guancia.

Alphonsine afferrò un abito azzurro. – Oggi potete indossare questo vestito color fiordaliso che ho appena fatto riparare. Come l'abbiate strappato senza mai nemmeno indossarlo rimane un mistero, madamigella.

Le dita della domestica correvano rapide su chiusure e fermagli. – A volte penso che, quando vi lascio in camera, voi tiriate di spada!

– È possibile, in effetti!

– E poi mi dico: «No, Alphonsine, quale spada e spada! La madamigella viene dalla campagna, e i suoi modi sono ancora un po' da incivilire, perché possano andare bene a corte».

– Ah, così, vi dite? – le domandò Blanche, colpita da quell'accenno di impertinenza. Era vero che lei veniva dalla campagna, ma era comunque di famiglia nobile. Suo padre era stato moschettiere del re, compagno di d'Artagnan. Mentre Alphonsine, allora? Da dove veniva, lei, per sapere tutto sui modi di corte?

– Ecco, così! Ferma! La sapete una cosa? Sareste perfetta in un campo di quel nuovo grano che ven-

UN CADEAU PER IL RE!

dono al *Marché des Enfants Rouges*... Il granturco, madamigella, ma nel ruolo di uno spaventapasseri!

A quel punto Alphonsine le diede un ultimo colpo di spazzola e si arrese. Le appuntò qualche forcina qua e là e si allontanò dalla camera con le gambe doloranti, e solo allora Blanche ebbe il tempo di recuperare dalla sedia di velluto il biglietto recapitato da Antoine.

Lo aprì mentre percorreva i corridoi che separavano la sua camera da quella della regina, dove era diretta per la cerimonia del *lever*: ovvero la sveglia della sovrana con tutte le sue dame di compagnia. Tra cui, neanche a dirlo, la signora Brûlard. Di nuovo.

Il biglietto portava il sigillo reale, ma all'interno, per dirle quello che davvero intendeva comunicarle, la regina Anna aveva usato il loro codice segreto, segno che non si fidava del tutto neanche dei suoi valletti.

Apparentemente, la richiesta era quella di aiutarla a scegliere un regalo adatto per il re:

Ma chérie!
Devi farmi la cortesia di aiutarmi.
Anche solo un cenno, e... la data si avvicina.

Capitolo i

Escludo che io riesca a pensare a un buon regalo a pochi giorni dalla festa di compleanno del re.
Potresti andare in quella bottega, a cercare qualcosa che serva a far capire che la regina vuole fare una bella sorpresa al re?
Noi sappiamo bene quali sono i suoi interessi, non i suoi consiglieri.
E non tolleriamo che si ripeta un regalo banale o già visto. Non è vero?
Puoi pensarci tu, mia cara?
Senza dire niente a nessuno, perché sia davvero una sorpresa?
Sono nelle tue mani.
La regina

Ma in realtà, leggendo le prime parole di ogni riga, grazie agli a capo studiati apposta, si leggeva: Ma chérie! *Devi farmi anche solo un cenno e la escludo dalla festa di compleanno del re. Potresti andare in quella bottega a far capire che noi sappiamo e non tolleriamo che si ripeta? Puoi pensarci tu, mia cara, senza dire niente a nessuno? Sono nelle tue mani. La regina.*

Blanche sorrise alla richiesta, che era il coronamento della missione di quell'ultima notte. Varcò l'atrio pensando che ormai da qualche tempo la regina era stata avvertita della sparizione di alcuni cosmetici ed essenze dalla sua toeletta. Una cosa già di per sé insolita, aggravata dal fatto che

Un cadeau per il re!

Pacôme, il profumiere di corte, era per l'appunto *profumatamente* pagato per preparare alla sovrana essenze, creme e unguenti personali ed esclusivi, che nessun altra signora poteva avere. E invece girava voce che nella bottega di monsieur Pernelle si commerciassero, in segreto, gli stessi profumi, e che le signore più smaliziate ne andassero pazze, anche solo per l'idea di imitare la regina. All'inizio, la giovane spia aveva sospettato del profumiere, ma poi era giunta alla conclusione che non potesse essere lui perché era troppo pusillanime per studiare un piano così elaborato e certo non così ardito da rischiare di perdere la sua posizione prestigiosa nel palazzo reale tra i più vanesi della Terra. La soluzione possibile a quell'enigma era che a trafugare i profumi di Sua Maestà Anna fosse una delle dame di compagnia, le uniche che potessero accedere alle sue stanze e alla sua preziosissima toeletta. E così, a poco a poco, sera dopo sera, era finalmente arrivata a chiudere il cerchio attorno alla signora Brûlard, che ora per il suo ardire avrebbe perso i favori della regina.

Tutto quello che Blanche doveva fare, durante l'altrimenti noiosissima cerimonia della sveglia, era un semplice cenno.

Capitolo I

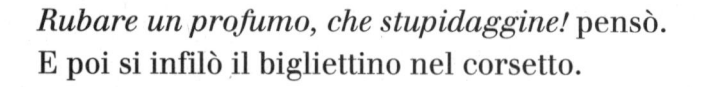

Rubare un profumo, che stupidaggine! pensò. E poi si infilò il biglittino nel corsetto.

Tre ore dopo era di ritorno in camera, esausta da quel cerimoniale di pizzi, merletti e ciarle sul nuovo modello di acconciatura femminile fatta di piume di struzzo e colibrì impagliati. Se aveva fatto il cenno? Certo che l'aveva fatto. E la regina Anna le aveva sorriso, accingendosi a fare la sua parte. Poi, però, era stato tutto un inchinarsi, aspettare, ascoltare, ribattere e chiacchierare amabilmente, dicendosi emozionate per via della festa di compleanno del re, sorprese del tempo, allegre per qualsiasi altra questione.

Blanche avrebbe preferito attraversare tre volte Parigi legata sotto una carrozza, piuttosto che dover giocare la sua parte di giovane dama con tutte quelle altre smorfiose. E i suoi capelli sembravano sottolineare ciò che pensava, perché più passava il tempo e lei doveva starsene lì impettita in salotto, senza poter parlare da sola con la regina, più si increspavano per il nervoso. A parte il cenno concordato, l'unico contatto diretto che Blanche ebbe con la sovrana fu quando lei le affidò un piccolo borsellino di monete d'oro. Quello per acquistare il famoso regalo.

Un cadeau per il re!

Tornata nella sua stanza, si spogliò rapidamente di quell'orribile vestito color fiordaliso, per indossare qualcosa di più pratico per andare in città, poi contò le monete d'oro che le erano state affidate. Dieci!

Mon Dieu, *che magnificenza! Mai viste tante monete tutte insieme!*

Fece per aggiungere le cinque recuperate dalla borsa di madame Brûlard, poi però ne mise solo quattro, nascondendo la quinta nel suo deposito segreto, un piccolo scomparto dietro una pietra del muro della scala a chiocciola, di cui nessuno era a conoscenza. Né la regina, né il cardinale, neppure d'Artagnan. Era la sua piccola assicurazione sul futuro, casomai le cose si fossero messe male all'improvviso. Poi si mise un paio di braghe da cavaliere, infilò borsellino e lettera in tasca e si appuntò la spadina al fianco, il regalo di d'Artagnan, accanto all'astuccio dei grimaldelli.

Non si sa mai! E ora via, alle stalle!

Sulle scale incontrò Alphonsine, con un voluminoso vestito rosa salmone tra le braccia. Una festa di fronzoli, fiocchetti, pizzi e perline.

– Rieccomi a voi, mia cara! Vi stavo portando l'abito da *grand cérémonie* che... – attaccò allegra

Capitolo I

la domestica, senza riuscire a vedere, subito, in che modo Blanche si era già cambiata. – Santa Radegonda, de la Fère! Cosa devo fare con voi? Che cosa vi siete messa?

– Ordini della regina! – rispose la ragazza in un singhiozzo, schizzando giù per le scale prima di poter essere acciuffata.

Alphonsine tentò una protesta, poi, sconsolata, andò a posare l'abito di tulle sopra il letto della quattordicenne più ribelle dell'intera corte di Francia. Si sedette sull'angolo e lo accarezzò, a lungo, con un sorriso affettuoso, persa in chissà quale pensiero.

CAPITOLO II
STALLE, PULEDRI E LIOCORNI

Le famose scuderie del Louvre erano un vero e proprio tesoro della famiglia reale, un regno nel regno, sapientemente governato, da generazioni, dalla famiglia Le Goffre.

Quando Blanche arrivò, trovò ad attenderla un'elegante carrozza sormontata da quattro cavalli tirati a lucido.

– Siete forse voi la dama che devo accompagnare in città per conto della nostra sovrana? – le domandò il cocchiere al posto di comando.

– Chi vi ha informato? – gli chiese lei, sorpresa.

Questo cocchiere ha qualcosa nella voce, un non so che di conosciuto...

– Mi è stato detto di scortare una dama di compagnia, non una gentildama in braghe da cavaliere...

Al che, Blanche lo riconobbe.

– Marcel?

– Signorsì, mademoiselle! – esclamò l'apprendista moschettiere, saltando giù dalla carrozza. – E cosa ti è successo ai capelli? Sei stata attaccata da un'aquila?

– Oh no, ti prego, Marcel! Non dirmi anche tu che sembro un lottatore della Roquette!

– Ma uno di quelli che ha appena perso!

Blanche si finse offesa. – E tu, che ci fai lì sopra,

Stalle, puledri e liocorni

con quel tricorno da beccamorto? Voglio dire... non dovresti essere con gli altri moschettieri alle esercitazioni per la parata?

– Eh! A quanto pare sono queste, le mie esercitazioni! Lustrare le carrozze e controllare gli animali! –. Poi sospirò: – In realtà, non sono stato preso in considerazione. E non ho niente da fare.

Blanche soppesò i pro e i contro di quanto stava per chiedergli. E optò per i pro. – Mica ti starai lamentando, vero, quasi moschettiere? Fare un giro in città a caccia di idee con la fanciulla meno infiocchettata della corte, sotto questo sole splendente, non mi sembra un progetto tanto malvagio!

– A caccia di idee? E per cosa?

– A cercare un regalo per il re!

– Niente meno! Ma tu non...?

– Ordini della regina – tagliò corto Blanche.

Marcel si grattò rumorosamente la testa sotto al cappello di tela.

– A cosa stai pensando? – domandò Blanche.

– A quale animale prendere per una giornata così speciale – rispose lui.

La ragazza indicò un cavallo che pascolava libero a poche spanne di distanza.

Capitolo II

– Lui è Pierre, il nostro rispettabile olandese, spadaccina Blanche. Ma non ci pensare nemmeno: non si è mai fatto cavalcare da nessuno.
– Davvero?
– Affatto.
– E allora?
– Vieni con me... – improvvisò Marcel.
Spinse un enorme portone e le fece strada nelle maestose scuderie reali.
Questo sì che è odore di cavallo!
Si infilarono tra due possenti staccionate decorate a mano, dove ogni intarsio rappresentava i cavalli posseduti da tutti i Borboni di Francia. E al di là delle staccionate, eccoli: i magnifici esemplari di cavalli dal manto lucente e dal sangue blu.
Eleganti e solenni, strigliati ogni giorno e lucidati come monete...
E, per quanto ne capiva Blanche, praticamente uguali l'uno all'altro.
Marcel, invece, procedeva spavaldo, gesticolando: – Lui è Rémi, il nostro frisone orientale, vedi? Razza tedesca originaria della Turingia. Cavallo da sella e tiro leggero, all'occorrenza...
– Non ti sapevo così competente di cavalli!

Stalle, puledri e liocorni

– Ah, quante cose che non sai del tuo amico Marcel! – rispose lui, senza alcuna malizia.
E la cosa, un pochino, la ferì.
– Da questa parte, abbiamo Moïse, un esemplare sonnacchioso di auxois. Carattere tranquillo, ma volenteroso. Quello è Guy, un hannover con una gran fame! Guarda come digrigna i denti. Di fianco a lui, gli altezzosi Magnificus e Caesar, un boulonnais e un maremmano, omaggio della casata italiana de' Medici, e cioè risalente agli antenati del nostro sovrano.
Hannover, Maremma, Italia...
La contessina lo ascoltava rapita mentre cercava di mettere insieme quel mosaico di nomi e paesi lontani. Improvvisamente, dal retro di un abbeveratoio fece capolino una minuta puledra dal manto striato di bianco e nero.
– E lei? – domandò subito Blanche.
– E lei è... Ehm. Be', a dire il vero, lei è ancora senza nome. È nata poche settimane fa!
Marcel si chinò oltre la staccionata, trovò una minuta bottiglia e la avvicinò al muso della puledrina, che la lappò.
– Che fai?
– Latte di cavalla! – spiegò Marcel. Poi la ac-

Capitolo II

carezzò. – Avessi visto come scalciava, quando è nata! Ci ha fatto dannare.

– A te e a chi?

– Thibaut, Théodore e Tristan, i puledri a due gambe dei Le Goffre... Povera.

Blanche rise, si chinò anche lei e lisciò il muso della cavallina, proprio in mezzo ai due grandi occhi tristi.

– Perché povera?

– È nata un po' per miracolo... – disse Marcel. – La mamma è morta subito dopo il parto.

Oh no! Povera piccola...

– E non è tutto, perché, appena svezzata, finirà dal marchese de Jarjays.

– Perché ho già sentito questo nome?

– Perché ti piacciono le brutte storie. Il marchese è un uomo orribile, rozzo. Un violento.

– E perché la date a lui?

– È una cavalla, non una persona – rise Marcel. – E poi, se lui l'ha chiesta, avrà i suoi motivi. Jarjays è un uomo potente, un amico di infanzia del cardinale...

Solo a sentire quel nome, Blanche avvertì una scarica di pelle d'oca.

Marcel passò oltre la puledrina.

Stalle, puledri e liocorni

– Vieni di qui... – decise l'aspirante moschettiere. Portò Blanche accanto a un purosangue inglese e stava per dire qualcosa a proposito, quando lei, voltandosi, lo anticipò: – Voglio quello.
– Oh, no, Blanche. Non quello.
– E perché no?
La ragazza era immobile davanti a un cavallo completamente bianco, che pareva uscito dalle fiabe del Nord che le leggeva Alphonsine quand'era piccola.
– È un liocorno, vero? – domandò estasiata.
– È un lipizzano veneto, Blanche. Il suo nome è Victor.
– E quale è il suo problema?
– È addestrato, molto intelligente. Guarda qui... Vieni! – ordinò Marcel, e il cavallo lo raggiunse come un cagnolino. – Vai!
E quello si allontanò.
– Non credo che al signor Le Goffre farebbe piacere se prendessimo questo...
– E allora non facciamoglielo sapere!
– Be', immagino che non avrà problemi ad acconsentire trattandosi di un incarico della regina, soprattutto se torneremo ancor prima di averglielo chiesto, non è vero?

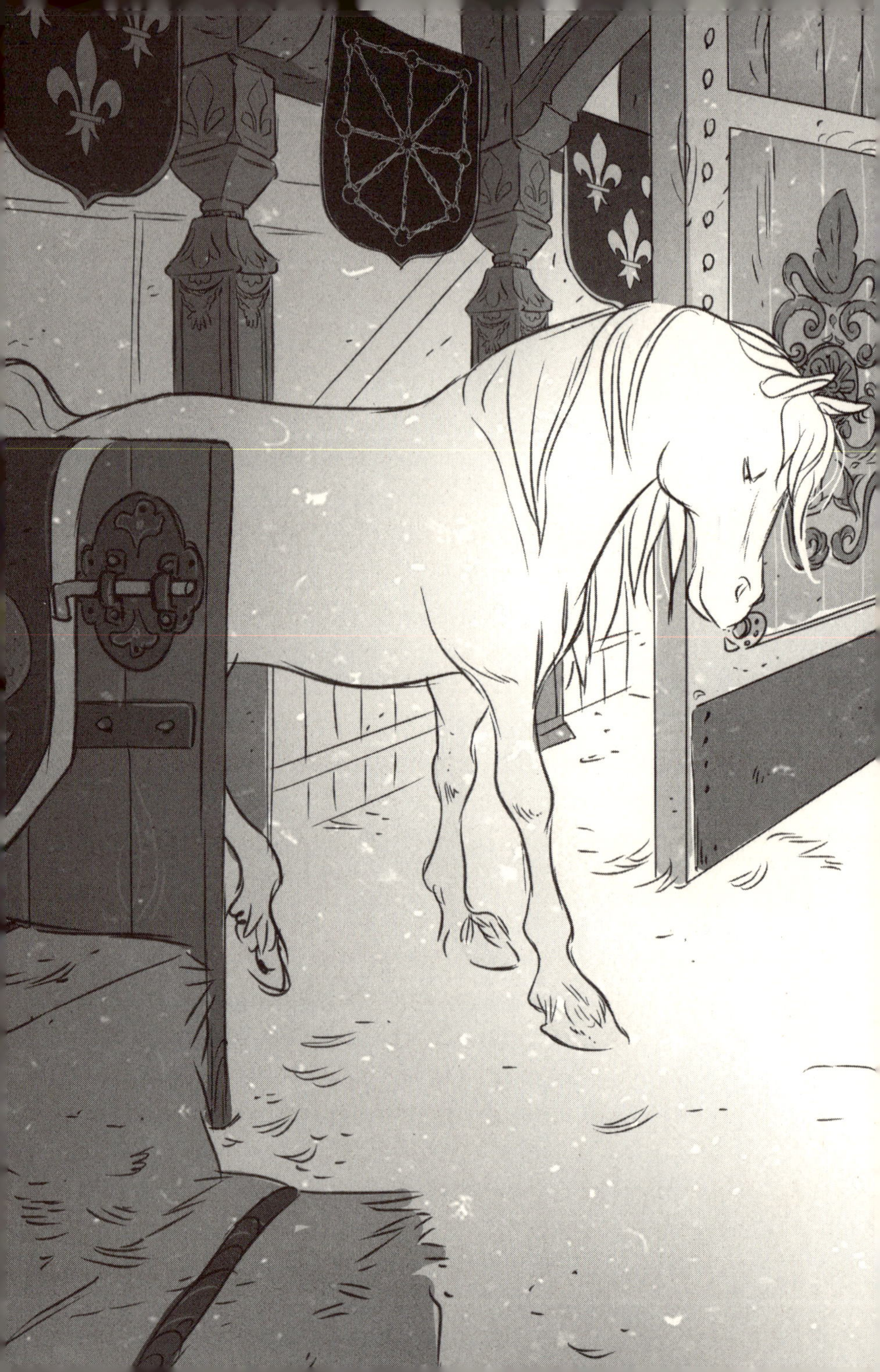

*Sei bello, Victor.
Sembri uscito
da una fiaba del Nord!*

Capitolo II

I due scoppiarono a ridere.
– A te Victor e a me Guy, allora! Forza, amici miei, andiamo!
L'aspirante moschettiere spinse i cavalli fuori dai loro recinti e da lì nel giardino.
– Verso dove, spadaccina?
– Verso il Marais! Al *Marché des Enfants Rouges, s'il te plaît!*
– Va bene: ragazzi, avete capito? Si va al mercato più popolare di Parigi!

CAPITOLO III

A CACCIA D'ISPIRAZIONE!

Marcel e Blanche galopparono lungo la rue Saint-Honoré, svoltarono all'imbocco di rue du Temple e si ritrovarono in un tiro di schioppo in rue de Bretagne, dove un'insegna rossa dava loro il benvenuto, avvisandoli che erano giunti a destinazione. L'apprendista moschettiere legò i quadrupedi alla trave di un recinto, ben sapendo che difficilmente qualcuno avrebbe provato a rubare due cavalli con le insegne reali.

– Stai! – ordinò al lipizzano di Blanche, e gli grattò la criniera. – Bravo, cavallo. Vedi? Non c'è modo di muoverlo da qui, se non con un altro ordine!

Blanche, intanto, stava pensando a come organizzare al meglio il suo tempo: la bottega di monsieur Pernelle era poco distante da lì e, anche se si sentiva più sicura ad avere Marcel al suo fianco, non voleva coinvolgerlo nella sua missione. Così, si tuffò per prima cosa nel mercato, un dedalo stretto di vicoli e pertugi da cui arrivavano i profumi più disparati: gamberetti e conchiglie, *galette, foie gras* della Loira e *flamiche,* le popolari torte al porro che arrivavano dalla Piccardia!

C'erano pentoloni e animali appesi, polli che

A caccia d'ispirazione!

razzolavano per la strada e tavole fumanti che parevano infuocate.

– Guarda, Marcel! La *fricassée de escargot à la berrichonne!* – esclamò a un tratto.

Ma il suo amico era stato più veloce di lei e aveva già ordinato due porzioni di lumache fritte condite con aglio, vino, sale e burro. Si scioglievano in bocca, guscio a parte.

Poi proseguirono nelle viuzze, le dita ancora unte. Il mercato si aprì: le botteghe si fecero più ampie e profonde, esponendo candelieri, piatti, posate, maschere africane, polene di navi che avevano attraversato chissà quali oceani, pendagli esotici, mappe di terre dai nomi impronunciabili, idoli pagani, campane, merletti e zanne d'elefante.

A un certo punto, Blanche propose a Marcel di dividersi, per poter esplorare meglio il mercato fino all'ultimo banchetto.

– Io faccio questa via, tu quella, e ci rivediamo in quella piazzetta laggiù in fondo, ok?

– Agli ordini.

– E ricordati: non cercare niente che costi più di quattordici monete.

Al che Marcel sorrise. – Non preoccuparti! Non saprei nemmeno immaginarla una cosa che costi

Stiamo bene al tuo fianco, Marcel, ma ora dobbiamo agire. Ordini della regina!

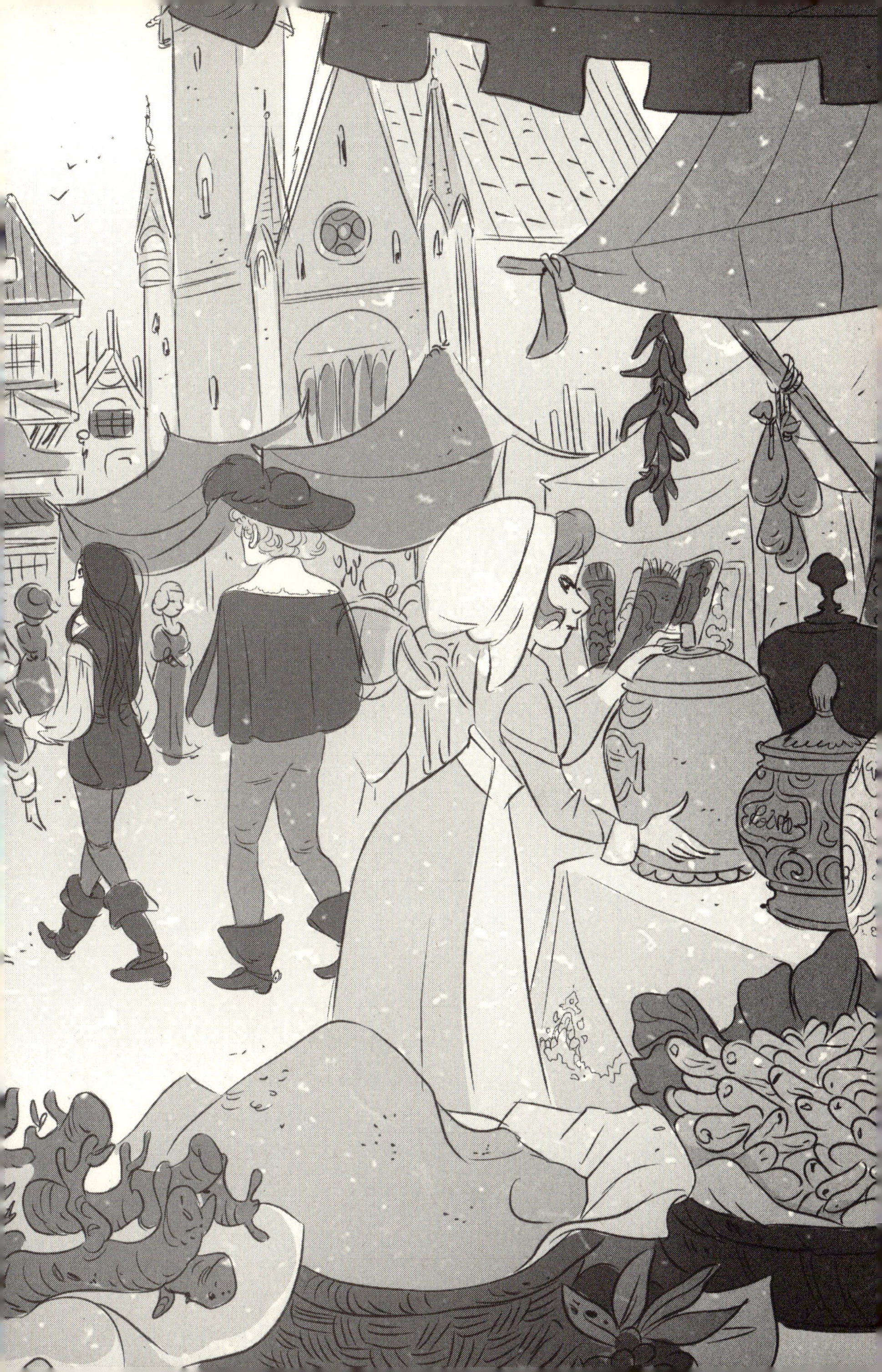

Capitolo III

più di quattordici luigi! –. E prese la direzione che Blanche gli aveva indicato.

La giovane spia della regina aspettò di veder scomparire l'amico dietro un enorme tappeto persiano appeso di traverso nella via a mo' di insegna, poi scattò nella direzione opposta. Si fermò il tempo necessario per acquistare un lungo scialle da deserto blu scuro, e si avviò di corsa in direzione del vicolo che tagliava rue de Bretagne verso ovest.

L'emporio di profumi del signor Pernelle si trovava accanto alla sua abitazione e, attraverso la lucida vetrina, Blanche lo riconobbe intento a servire una delle sue signore.

Ma come? Oggi doveva essere giorno di chiusura! Gli affari vi stanno andando a gonfie vele, vero, monsieur?

Soppesò il da farsi. La bottega era inaccessibile, ma rimaneva la sua abitazione che, nei calcoli della ragazza, doveva essere vuota.

Fece il giro della casa, imboccò il vicolo in cui si era appostata la sera prima, indossò lo scialle a mo' di turbante perché nessuno potesse riconoscerla, controllò che lo spadino fosse al suo posto e tirò fuori dalle braghe l'astuccio dei grimaldelli.

A CACCIA D'ISPIRAZIONE!

Forza, andiamo.
Aspettò che non passasse nessuno, tastò la serratura con le dita e scelse il grimaldello della giusta dimensione. Lo infilò e la fece scattare senza troppe difficoltà, infilandosi dentro all'abitazione.
E adesso?
La regina non le aveva dato ordini specifici su come doveva comunicare allo speziale che era il caso di sospendere il suo commercio illegale di profumi di corte e Blanche non ci aveva pensato nei dettagli; ma aveva intenzione di lasciare un messaggio incontrovertibile, vagamente minaccioso, qualcosa che si era ripetuta in testa per tutta la durata del viaggio a cavallo con Marcel.

Doveva solo decidere dove lasciarglielo. Il piano terra della casa era occupato da una grande stanza arredata in modo sommario. Il laboratorio era al primo piano: due stanze contigue a quella da letto, in cui si trovavano un grande tavolo pieno di barattoli di maiolica bianca, etichettati con i nomi latini delle erbe, e poi pestelli, un paio di sgorbie e alambicchi da alchimista. L'aria era satura e pungente.

Blanche aveva dato per scontato che avrebbe trovato facilmente un calamaio e una piuma d'oca

Capitolo III

per scrivere, ma la cosa non fu così immediata. In più, quando alla fine riuscì a procurarsi l'inchiostro, tutto ciò che aveva pensato di scrivere si era come cancellato dalla sua mente.

Perché non ci siamo preparati il messaggio in camera, tranquille tranquille, eh, Blanche?
– "Caro signor Pernelle..." – iniziò, scuotendo poi il capo. – No, no. Altro che "caro". "Signor Pernelle, virgola."

China sul tavolo del laboratorio, la spia della regina era così concentrata a scrivere in fretta qualcosa di efficace che nemmeno si accorse dei passi alle sue spalle.

E quando una voce la interpellò, per poco non perse l'equilibrio per lo spavento.

– Tu non sei papà.

Blanche si voltò.

Ma guarda un po': il signor Pernelle ha un figlio.

A parlarle era stato un bambino di sei, sette anni, che la fissava, perplesso, dalla porta.

Di tutte le cose che poteva aspettarsi...

– Ciao – gli rispose Blanche, imbarazzata.

– Che cosa ci fai qui?

– Sono... un'amica di tuo papà e... be': vedo che non è in casa...

A CACCIA D'ISPIRAZIONE!

Il bambino la fissò. Aveva degli occhietti pungenti, sospettosi.

– Tu non sei un'amica di mio papà.

Al che, Blanche sospirò: – No, in effetti no. Stammi a sentire. Il tuo papà si è comportato molto male, e io... sono venuta qui per dirglielo.

– A dirgli cosa?

– Che la regina sa tutto. E che è il caso che la finisca.

Il bambino tirò su con il naso.

– Glielo stavo scrivendo, ma... forse... puoi dirglielo tu! Pensi di ricordartelo? La regina è molto arrabbiata e gli ordina di finirla subito di mettere in commercio i suoi profumi...

Ma parlava già da sola. Il bambino si era pulito il naso sulla manica del vestitino e si era voltato verso le scale. Poi lo udì urlare: – Faust! Faust!

Ah, no, maledizione!

– Bambino cattivo! – esclamò Blanche, anche se lei, probabilmente, avrebbe fatto altrettanto. Si precipitò verso le scale.

In tempo per vederle arrivare addosso un uomo dall'aria minacciosa.

– Che c'è, che succede?

Blanche vide Faust e Faust vide Blanche.

Capitolo III

– E tu chi diavolo sei? – ringhiò l'uomo, mettendo mano alla spada.

– Non te lo consiglio! – rispose lei, facendo altrettanto. – Sto consegnando un messaggio della regina!

Ma Faust non rallentò di un passo, comparendole davanti in cima ai gradini.

La ragazza, lo spadino in mano, arretrò leggermente, senza però smettere di parlare. – Il gioco è finito! Sappiamo del furto dei profumi. Sappiamo che il signor Pernelle li diluisce e li rivende a caro prezzo nella sua bottega. La cosa deve terminare, subito!

– Ah sì? – ringhiò l'uomo, affondando un colpo di spada.

Cielo! Per essere così grosso, sei anche sorprendentemente veloce.

Blanche schivò il colpo con un salto e...

E poi inciampò.

Il bambino, dietro di lei, le aveva fatto lo sgambetto.

Rovinò sul tavolo, mandando all'aria decine di vasetti.

Faust affondò un altro colpo di spada che la schivò di un soffio, facendo frantumi di un alambicco.

A CACCIA D'ISPIRAZIONE!

Blanche rotolò per terra con una capriola, provò a tenere a bada la spada di quell'altro, ma era come se avesse avuto in mano un ramo di nocciolo. Quando cozzarono tra loro, le lame emisero un lamento stridulo e per poco lo spadino non le volò dalle mani.
La finestra!
Con un altro fracasso di vetri rotti, Blanche scavalcò il tavolo da lavoro del laboratorio e si precipitò alla finestra. La aprì in un secondo e, senza nemmeno pensarci, si buttò in strada.
Atterrò il meglio possibile, come si era allenata a lungo a fare. E si rialzò in meno di un secondo.
– Guardie! Moschettieri! – urlò il gigantesco Faust dalla finestra alle sue spalle.
Poi, chissà come, riuscì a passarci anche lui e si lanciò giù. A Blanche sembrò di sentire tremare tutto il selciato della via, quando atterrò. Ma non si fermò a guardarsi alle spalle. Individuò uno spaccio di pellami che le pareva avesse un'uscita sul retro e ci si tuffò, infilandosi nel percorso più stretto.
– Scusate! Scusate! – urlò alle persone che doveva spingere via.
Capì di avere Faust alle spalle quando sentì qualcosa infrangersi dietro di lei.

Capitolo III

Sbucò fuori dall'altra uscita e riprese a correre, mentre l'uomo, per non distruggere l'intero negozio, aveva perso terreno.
– Sciò! Sciò! – gridò per agitare due falchi sui trespoli di una falconeria, e imboccò un altro vicolo. E poi un altro. I passi di Faust si fecero appena un po' più distanti.
Ora!
Non appena svoltò, si sfilò lo scialle e lo mise in testa a una bambina, senza quasi fermarsi. Poi vide accorrere Marcel e gli balzò letteralmente contro, prendendolo sottobraccio. Era così contenta di averlo trovato che lo avrebbe perfino baciato. E lo avrebbe anche fatto, se fosse stato necessario.
– Blanche? Che cosa...?
– Marcel, carissimo! Guarda che meraviglia! – ansimò. E, con una torsione improvvisa, costrinse l'amico a voltarsi verso la bottega di un fabbro, piena di chiavi e serrature.
– Il re è appassionato di chiavi? – fece in tempo a domandare Marcel.
Poi Faust comparve in fondo al vicolo. Guardò prima la bambina con lo scialle in testa, le altre persone del mercato e infine Blanche, a braccetto con il giovane. Alla spia sembrò che la fissasse

A CACCIA D'ISPIRAZIONE!

per un'eternità, ma fu questione di un cinguettio di passero. E il gigante, con un grugnito, ricominciò a cercarla dalla parte opposta.

– E quello? – si domandò Marcel. – Che voleva?

Blanche si sentì le gambe improvvisamente molli, e smise di stritolare il braccio del giovane aspirante moschettiere.

– Allora, hai trovato qualcosa? – gli domandò.

– Forse: un archibugio, un drago cinese e una...

Fu interrotto da uno scroscio di applausi, che proveniva da una grande piazza, nella direzione opposta a quella da cui si era allontanato Faust.

– Andiamo a vedere? – domandò lei, spingendo l'amico da quella parte.

CAPITOLO IV

LE PULCI SOGNANTI

Nella *grand place* una piccola folla di persone stava assistendo con gran vociare allo spettacolo di una compagnia di saltimbanchi. Appostato sopra un rialzo al centro del piazzale, c'era un uomo imponente, con una cofana di capelli ricci e scuri.

– *Et voilà, MOSSIOR e MEDAM: la tour humaine de la Transylvanie!* – esclamò in un boato, nello stesso istante in cui Blanche e Marcel fecero capolino.

Una serie di acrobati si adoperò in giravolte da brivido, avvitamenti mortali e capriole, per poi salire, uno dopo l'altro, sulle spalle del gigante, che li tenne sospesi in una tremante torre umana, che da lì sembrava alta quanto la cattedrale di Notre Dame.

Il gigante schioccò la lingua. E tra le mani dei circensi si materializzarono delle colombe bianche che volarono nel cielo di Parigi davanti agli occhi sbigottiti dei presenti.

Blanche afferrò di nuovo il braccio di Marcel, che la lasciò fare, soddisfatto.

Per tutte le arbaleste! Come hanno fatto?

Il gigante schioccò nuovamente la lingua, e come dal nulla nelle mani degli equilibristi comparvero alcuni calici di vetro. Nell'euforia che se-

Le pulci sognanti

guì, un uomo con un lungo cappotto si avvicinò alla torre e richiamò l'attenzione della folla sul giovane acrobata che vi si trovava in cima: un bambinetto di, sì e no, dieci anni. Gli fece prendere un applauso e poi gli lanciò un bottiglione di vino. La folla ne seguì la traiettoria con grida concitate. Il ragazzino lo recuperò al volo, lo stappò, riempì parzialmente il suo calice e lo rilanciò ai due equilibristi ai suoi piedi. Gli acrobati si riempirono tutti i bicchieri e fecero tornare il bottiglione, vuoto, nelle mani del capobanda, che mimò il gesto di ingoiarne l'ultimo sorso.

Marcel scoppiò a ridere.

Poi il capobanda afferrò una salsiccia da una bottega lì vicino e la agitò come un direttore d'orchestra.

– E ora, *MOSSIOR* e *MEDAM, la musique de verre*! La musica di vetro, signori! La nostra specialità! – esclamò in un gran sorriso, addentando un morso di salsiccia.

Gli equilibristi iniziarono a muovere le punte delle dita sull'orlo dei calici, facendone uscire note flautate.

– Viva le pulci sognanti! – urlò qualcuno dalla folla.

Capitolo IV

– Ballate, voi che potete! – li esortò il capobanda, nell'ilarità generale, mentre la torre di calici intonava un motivetto molto popolare: la *Danse du village*.

E la gente ballò, in cerchio, alla musica che le pulci sognanti, in equilibrio precario, intonavano con i loro bicchieri. E anche Blanche e Marcel si ritrovarono a vorticare insieme alla moltitudine baldanzosa della *grand place*.

Il capobanda girava in mezzo a loro a raccogliere offerte e monetine, e fu allora che Blanche s'illuminò.

– Ecco quale può essere il regalo perfetto!

– Tu sei matta! – ribatté Marcel, facendole fare un altro giro di danza.

– E perché?

– Vuoi far suonare a dei saltimbanchi un ballo popolare?

– Chiederemo loro di intonare la marcia reale dei Borboni! La preferita del re!

Marcel rise di gusto, e continuò a ballare. E ogni volta che acchiappava la spadaccina e danzava con lei, sembrava ancora più contento.

Ripresero fiato solo quando la torre umana si smontò e nella piazza cessarono gli applausi.

Le pulci sognanti

– Non ti sapevo un ballerino così bravo! – disse Blanche, riprendendo fiato.
– Solo perché ai vostri balli non sono mai invitati i moschettieri! – rispose Marcel, impettito.
Aspettarono che la folla si diradasse, poi si presentarono al capo della compagnia, il cui cappello rovesciato tintinnava ancora di monete. Ce ne misero una d'oro e quello raddrizzò la schiena e li fissò.
– Che significa? – domandò.
– Monsieur! Mi chiamo Blanche de la Fère! Posso parlarvi un istante?
– Dopo quello che ci avete offerto, potete parlarmi anche tutta la settimana – rispose lui, spavaldo. E poi si presentò: – Naval Dubois.
– Sono una dama di compagnia della regina Anna – disse Blanche.
– È dunque la regina, che devo ringraziare? – si informò Dubois, irrigidendosi.
Mentre parlavano, furono raggiunti dal ragazzino che era stato in cima alla torre, e Dubois gli spettinò i capelli per fargli i complimenti.
– Tra qualche giorno sarà il compleanno del re – disse ancora lei, d'un fiato. – E mi chiedevo se aveste voglia di venire a omaggiarlo di persona con la vostra compagnia.

Capitolo IV

– *Désolé, MEDAM,* – rispose il saltimbanco – ma domani partiamo per Liège...
– State scherzando? – sbottò Marcel. – Avete capito di cosa si tratta? Del re di Francia e di tutta la sua corte!
– Ho capito benissimo, signori – ribatté Dubois. – Ma come vi ho appena detto, siamo in partenza... e dunque, se non vi dispiace...
– Tu... sei un m-moschettiere? – intervenne a quel punto il ragazzino.
– Sebastian!
– Certo che lo è! – esclamò Blanche, facendo sbucare dalla mantella di Marcel l'elsa della spada su cui riluceva lo stemma dell'ordine. – Ci saranno tutti i moschettieri a guardarti!
– Papà! – esclamò allora Sebastian in un brodo di giuggiole.
– Mi spiace, signorina... –. L'uomo ripescò la moneta d'oro dal cappello e la porse a Blanche, come per pagarsi la libertà, ma la giovane non lo lasciò andare.
– La prego, signor Dubois, la regina Anna in persona gliene sarebbe molto grata! – lo incalzò. – E potrebbe pagarla con altre tredici monete d'oro come quella.

LE PULCI SOGNANTI

Il signor Dubois esitò. Era molto più di quello che poteva sperare di raccogliere in chissà quanti anni di spettacoli per strada.
– Papà! Ti prego! Magari potrei vedere d'Artagnan! – lo supplicò Sebastian, con due irresistibili occhi da sognatore.
– Se è questo che vuoi, te lo posso assicurare, non è vero, Marcel? – disse Blanche dando una gomitata all'amico, che assisteva alla trattativa con aria perplessa. – Mentre io vi posso assicurare che la cena sarà memorabile!
– Per favore, papà!
Il signor Dubois sospirò, greve.
– E va bene, allora. Ma niente cena, ce ne andremo subito dopo lo spettacolo – affermò, senza troppo entusiasmo.
– Papà!
– E dopo aver conosciuto questo... d'Artagnan... – concesse.

CAPITOLO V

UNA LETTERA PER IL CARDINALE

Forse sei stata leggermente troppo spavalda, Blanche... – disse la regina, il pomeriggio.

– Mi dispiace – si scusò la giovane dama di corte, nonché sua spia personale. – È che ero davvero sicura che non ci fosse nessuno in casa del signor Pernelle, poi sono spuntati quel ragazzino, e quel bruto...

Nel salottino verde, la sovrana si alzò in piedi vicino al camino di marmo. Fece un rapido gesto con la mano. – Non mi stavo riferendo a Pernelle: anzi! Sono contenta che tu gli abbia mandato un chiaro messaggio mettendogli a soqquadro la casa! Che sfacciato: rivendere i cosmetici creati dal buon Pacôme! E, a proposito: avessi visto la faccia della signora Brûlard, quando ho invitato alla festa di compleanno a una a una tutte le dame di compagnia con le loro famiglie, tranne lei! Una sfinge, anzi, una mummia! Non ha detto una parola. E se solo osa mettere in giro una singola voce...

– Ben fatto, mia regina. Nessuno può prendervi in giro – concesse Blanche, un po' più rincuorata.

– Quanto alla spavalderia, *ma chérie*, mi riferivo a questa faccenda delle pulci sognanti! Una banda

Una lettera per il cardinale

di saltimbanchi a corte... – ragionò la sovrana sorseggiando una tazza di cioccolata fumante.
– Non vi pare una buona idea?
– Diciamo che è uno scenario piuttosto inedito... *ça va sans dire!*
– Credetemi: la loro torre umana è uno spettacolo mozzafiato, e la musica dei calici è... pura magia!
– Ti credo, *chérie*! Il problema è persuadere il cardinale!

Blanche si irrigidì. Il cardinale, ovvero Richelieu, era il grande burattinaio dietro al teatro della corte e del re: non solo detestava la sovrana, in quanto spagnola. Ma era anche convinto di godere dei servigi di Blanche, in quanto figlia di Milady de Winter, la sua più fidata spia ai tempi dei moschettieri. In pratica, Blanche doveva destreggiarsi in un continuo doppio gioco, tra le richieste e le informazioni sulla regina che le chiedeva il cardinale e quelle, opposte, della regina stessa.

– Che cosa c'entra Richelieu?
– Ci serve il suo benestare, mia cara... soprattutto se deve essere una sorpresa per il re.
– Ma...
– Il cardinale è il suo vice. Non io. Io sono solo

Capitolo V

sua moglie... – spiegò la donna, posando nervosa la tazza sull'architrave del camino. – Tutto ciò che dovrei fare io è sorridere o dolermi, a seconda del momento.

Ma per fortuna non è quello che poi fate.

– Potremmo tentare comunque, Vostra Maestà – azzardò Blanche, più spaventata, ma non per questo meno combattiva.

– Certo, cara! Ed è precisamente quello che intendo fare – esclamò la sovrana, sedendo alla scrivania e impugnando decisa penna e calamaio. – Solo, mi domandavo come. Allora: intuito e una perfetta calligrafia. Ecco le armi di una vera signora.

Appena la regina ebbe finito di scrivere, Blanche in persona corse a consegnare la missiva al palazzo del cardinale, dall'altro lato della strada rispetto a quello del re.

Salendo le scale, però, incontrò il segretario di Richelieu, Jean Charpentier. Stava andando anche lui all'ufficio del cardinale, con una serie di scartoffie tra le mani.

– Jean! – lo salutò la dama della regina, da dieci gradini sotto.

Una lettera per il cardinale

– Contessina! – rispose lui, come se fosse appena sbarcato da un viaggio nel Mondo Nuovo. Per l'agitazione, saltò un gradino e un paio di fogli scivolarono per le scale. – Oh, no!
Blanche lo aiutò a recuperarli.
– Che vi succede, Jean? State bene?
– Io sì. È il cardinale che... – ma non finì la frase.
– Che cosa?
– Temo di non poterglielo dire, contessina.
– Nemmeno in cambio di una fetta di torta di mele?
Blanche finse di estrarre da un'ampia tasca del suo abito qualche primizia, e per un attimo il volto del segretario si illuminò. Se Jean aveva un difetto, a parte l'essere perdutamente stregato dai modi di Blanche, era che amava i dolci. E quelli alle mele in modo quasi irresistibile. Infatti, non appena capì che Blanche stava solo scherzando, sospirò. Poi accennò con il capo alla porta in cima alle scale, chiusa e minacciosa.
– Ha un bruttissimo raffreddore... – ammise, a quel punto a bassa voce. – Ma che nessuno lo sappia!
Lei finse di non averlo nemmeno sentito. – Certamente, Jean. E allora, per non correre rischi...

Capitolo V

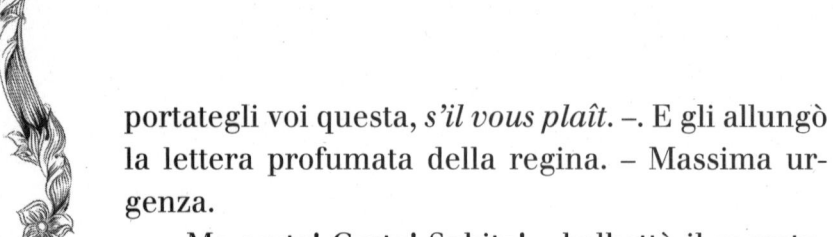

portategli voi questa, *s'il vous plaît*. –. E gli allungò la lettera profumata della regina. – Massima urgenza.
– Ma certo! Certo! Subito! – balbettò il segretario. Acchiappò la busta, la posò sopra i suoi fogli, poi la controllò, sgranò un'ultima volta gli occhi e disse: – Ma non dite a nessuno che io vi ho...
– A nessuno! – gli rispose l'eco della voce di Blanche, già in fondo alle scale.

In un batter d'occhi, a palazzo non si parlava d'altro: il cardinale aveva la febbre. Era quasi morto. Aveva una cera terribile. Non sarebbe nemmeno riuscito a dire la messa del giorno dopo. Beveva solo decotti di melissa e genzianelle. Madame de Selle raccontò di averlo visto inciampare mentre scendeva dalla sua carrozza, e averlo sentito imprecare in modo ben poco cardinalesco.
Fu quasi uno spasso pensare al cardinale in difficoltà, anziché come a una perenne minaccia. A sera, però, la Volpe in Rosso non si era ancora degnata di rispondere. E nemmeno il mattino successivo.
Al *lever*, Blanche e la regina Anna si scoccarono una delle loro occhiate: «Novità?», «Nessuna. E tu?», «Nemmeno».

Una lettera per il cardinale

La ragazza aveva dormito poco e male, anche se era stanchissima per la notte precedente, e faceva fatica a trattenere gli sbadigli. Marciò ordinata verso la cappella per la messa, in mezzo a tutte le altre dame. Richelieu era là, seduto. Forse non in forma come sempre, ma presente.

Per tutta la durata della funzione, la sovrana e Blanche non gli staccarono lo sguardo di dosso: stavano attente a ogni sua espressione, movimento, occhiata. Il cardinale parlò pochissimo e, tra una preghiera e un inno, si copriva la bocca con una mano, come a rinnegare degli starnuti. E alle luci spettrali della cripta, pareva avere occhiaie più profonde del solito e un aspetto derelitto.

Lasciarono la messa entrambe convinte che in effetti qualcosa non andasse e, con questa convinzione, si accomodarono nel salottino verde per la settimanale lezione di buona creanza. C'era anche la piccola Maria Teresa, la nipote della regina di appena cinque anni e mezzo, che suo fratello Filippo aveva inviato a palazzo perché le venisse colato addosso l'alfabeto della vita di una dama di corte. E così, tra flotte di teiere e un'armata di coloratissimi *macarons*, il dolce che un'antica sovrana di Francia, Caterina de' Medici, aveva portato con sé

Capitolo V

dall'Italia, si dedicarono un pochino anche a lei.
– Piccolina mia, *dis-moi*. Qual è il tuo nome completo?
– Maria Teresa d'Asburgo, zia Anna!
– Vorrai dire... zia Anna Maria Maurizia!
La bimba le sorrise, e le ancelle Bernadette, Lucie e Charlotte annuirono giulive dalle loro poltrone.
– E quali sono i tuoi titoli di nascita, Maria Teresa?
– Infanta reale di Spagna, infanta reale del Portogallo e *arcibudessa*... cioè, arciduchessa d'Austria! – rise.
– Esatto. Ma hai ragione, piccolina... "arcibudessa" è decisamente più divertente!
A quella battuta, tutte le ancelle scoppiarono a ridere. Anche Blanche, a cui quella bambina faceva un'incredibile tenerezza. E che, se solo avesse potuto, avrebbe portato al galoppo fuori da lì, prima che tutti quei salamelecchi la mettessero in prigione.

Non so se sarebbe più brava a tirar di spada che a tenere il cucchiaino, ma di certo si divertirebbe di più!

Le dame di compagnia guardavano l'infanta

Una lettera per il cardinale

con l'espressione di chi avrebbe fatto carte false per essere al suo posto, quello di futura imperatrice. Blanche, invece, provava solo tenerezza e compassione. Ogni singolo aspetto della vita di quella bambina era già predestinato, compreso, prima o poi, sposarsi con un altro predestinato come lei. Senza neanche averlo conosciuto né, ovviamente, amato...

– Maria Teresa, lo sai che sorpresa c'è oggi per te? – domandò intanto zia Anna, tutta allegra.

La nipote cominciò a scalpitare. Forse immaginando di ricevere un cavallo a dondolo come quello del fratello Balthasar, delle biglie da gioco o magari un aquilone colorato da far danzare nel vento...

E invece la sovrana si schiarì la voce ed esclamò, rivolgendosi alla porta: – Che entri Pacôme!

– Pacôme! Pacôme! – trillò la piccolina, con sguardo curioso.

La porta si spalancò per fare entrare il profumiere di corte. Era un giovanotto adornato di vestiti eccentrici, con piume variopinte tra i capelli, il volto cosparso di talco e un paio di nei posticci sul mento.

– *Oh là là, ma reine! La plus belle et la plus char-*

Capitolo V

mante femme de France! Splendida! – dichiarò, prodigandosi in un ardito bacio sul collo della sovrana, che arrossì all'istante.

Ma nessuna delle dame si scandalizzò, perché conoscevano bene Pacôme Pachelbel.

– E voi, signorinella, avete l'aria di chi mi stava aspettando! – continuò lui, rivolgendosi a Maria Teresa.

Aprì una soffice sacca di chiffon che aveva portato con sé.

– Cominciamo dalle basi, mio splendido splendore: l'igiene, che fa parte della buona creanza. Ed è un'arte nobile. In cui ciò che appare non corrisponde a ciò che è... ma a quello che vorremmo che fosse! – terminò il profumiere, sospirando come un teatrante.

La bambina lo fissava rapita, del tutto ignara di cosa le aveva detto e di cosa avrebbe fatto.

– Lezione numero uno. *Le visage.* Il viso. Lo si deve pulire ogni sera prima di coricarsi, solo ed esclusivamente con questo panno! – esclamò l'uomo, mostrando un fazzoletto bianco. – Esso sgrassa lasciando inalterato il colore dell'incarnato. È invece severamente vietato l'uso dell'acqua sul viso, poiché, è risaputo, l'acqua infiamma

Una lettera per il cardinale

gli occhi. Può persino portare alla cecità! E alla calvizie.

La bimbetta annuì, incantata e diligente. Il profumiere le si avvicinò con una piroetta.

– Lezione numero due. *Les dents*. I denti. È consigliato masticare foglie di catecù, finocchio e chiodi di garofano, tre volte al giorno. Anche quattro, se avete mangiato aglio o pinzimonio – e così dicendo, allungò gli aromi alla bambina, invitandola a servirsene. – Il profumo, mia cara, ci avvicina agli dei – recitò, stringendo poi una spugna intrisa di acqua di limone in un catino.

E gli dei ti avvicinerebbero alla porta, e con una pedata.

E pensare che Blanche aveva quasi rischiato la vita, per le creazioni di Pacôme. La sua unica soddisfazione, mentre quello proseguiva con le sue lezioni di buone maniere e indicava gli abbinamenti tra gioielli, colori e profumi, era che non vedeva più la brutta faccia della signora Brûlard e che la sua assenza, a questo punto, doveva essere stata notata e analizzata da tutte le altre.

Dopodiché qualcuno bussò alla porta, deciso, e la fece sussultare.

– Sì? – domandò la sovrana.

Che tenerezza ci fai, piccolina. Una vita davanti, e nessuna sorpresa.

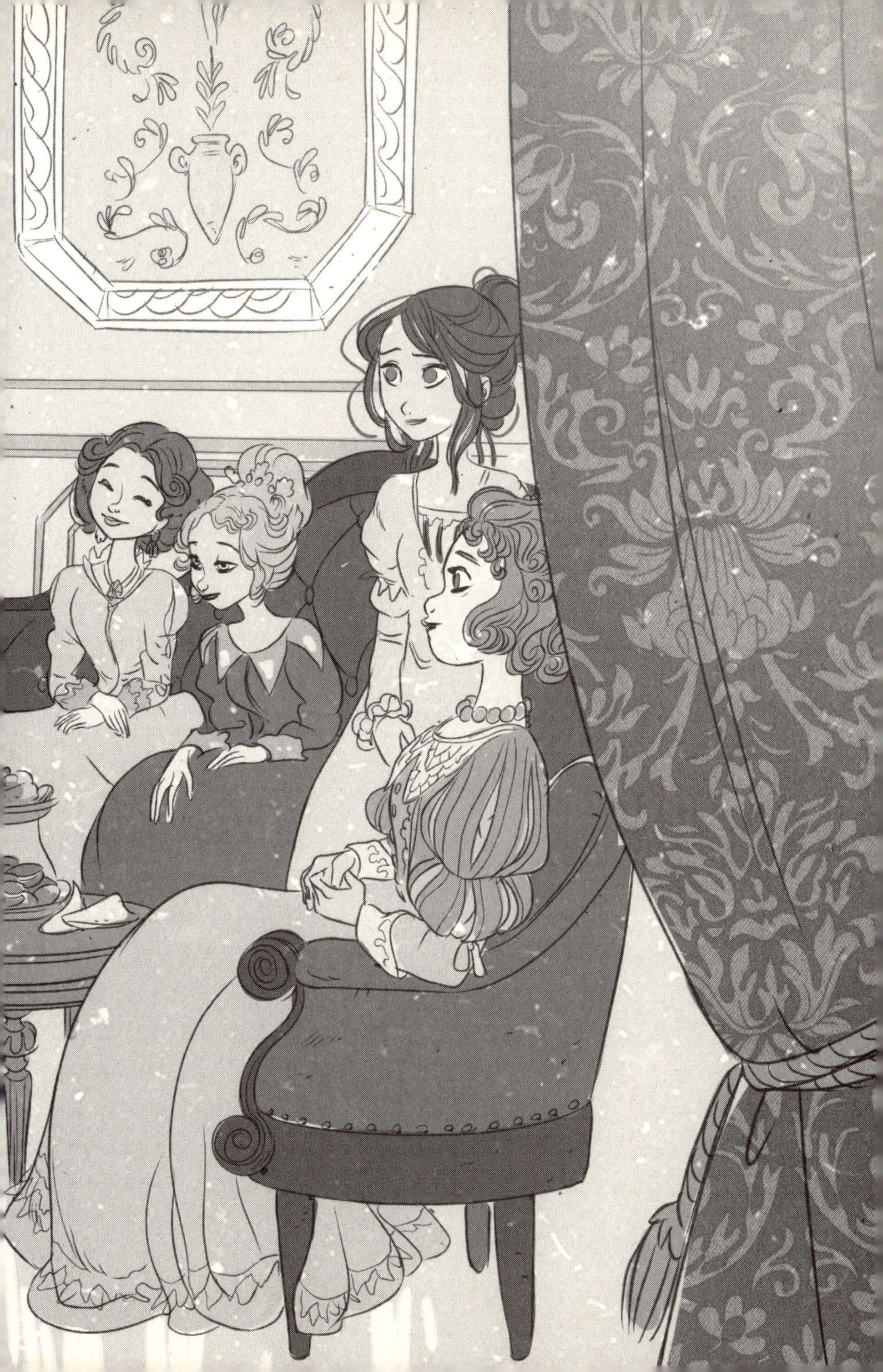

Capitolo V

Un uomo dalla greve tunica rosso sangue si fece largo tra le mattonelle del salotto, dondolando vistosamente il massiccio rosario che teneva al collo.
Richelieu!
Blanche si rizzò sul divano, mentre il cardinale, dopo aver tossito un paio di volte, prese la parola, come se, oltre a lui e ad Anna, non ci fosse nessun altro presente: – Vogliate scusarmi. Sono venuto a portarvi la risposta che attendevate, regina.
– Negativa, suppongo, Eminenza – lo anticipò la sovrana, piccata.
– Supponete male. Ho avuto modo di rifletterci e la vostra mi sembra un'idea... interessante –. Tossì e poi riprese: – Avete dunque il mio benestare. Annullerò la parata militare.
Non gli riuscì un vero inchino, ma solo un rigido abbozzo. Lanciò uno sguardo sprezzante a tutti gli occupanti del salottino, Blanche compresa, e poi concluse: – E ora, se mi volete scusare – si congedò, prima di girare i tacchi e scomparire al di là della porta.
Si lasciò dietro una scia di livore, un odore pungente di trementina e un silenzio quasi tangibile.
– Che brutta cera aveva il vostro amico dal mantello rosso, Maestà! Dovrebbe depurare il viso con

Una lettera per il cardinale

questa pomata di piede di montone! – esclamò allora Pacôme, facendo ridere tutti, anche Blanche, che intercettò lo sguardo della regina, divertita e stupita quanto lei.

– Che la Volpe in Rosso si sia fatta più mansueta? – riuscì a sussurrarle la regina, mentre più tardi lasciavano il salottino.

La ragazza del Brume fece spallucce.

– Sapete qual è la lezione numero uno di d'Artagnan? Le pecore non saranno mai volpi. E le volpi non saranno mai pecore.

– Molto ben detto.

Poi andarono a pranzo.

CAPITOLO VI
ALLA CORTE DEI MIRACOLI

Quello stesso pomeriggio, Blanche attendeva davanti allo studio di Richelieu, seduta in punta di sedia di fronte a un agitatissimo Jean.

– Ti ha detto perché mi ha convocato? – gli sussurrò, per l'ennesima volta.

– Macché.

Jean nemmeno la guardava: lavorava sui suoi fogli passandoseli sotto al naso, leggendo, annotando, dividendoli in tanti mucchietti diversi.

– Che cos'è quella, Jean? – gli chiese la ragazza, costringendolo a interrompersi.

– Cosa?

– Quella –. Blanche gli indicò alcune divise accatastate in fondo all'anticamera: una da guardia del cardinale, una da moschettiere e, sopra a un trespolo, un'imponente armatura militare.

– Ah, quella. È la divisa armata di Sua Eminenza! – rispose Jean. – L'ha indossata all'assedio di La Rochelle, l'ultima volta... e ora ha ordinato di portarla qui, con tutte quelle altre...

– E per farne che? È martedì grasso? O sbaglio? – rise Blanche, ma subito se ne pentì, perché Jean non amava che si muovessero critiche al cardinale.

Alla corte dei miracoli

La spia si alzò e si avvicinò all'armatura, fingendo di studiare da vicino il suo riflesso nell'acciaio argentato tirato a lucido ma, in realtà, cercava di sbirciare dentro lo studio di Richelieu.
– C'è dentro il suo pipistrello?
– *Chi?!* – domandò Jean, allarmatissimo.
– Rochefort! – specificò Blanche, seria.
Se avesse potuto, Jean si sarebbe sciolto per la vergogna. – Non fatevi sentire che lo chiamate così! – sussurrò, con un singulto di voce.
– E perché mai? Hai paura che mi mandi alla Bastiglia per un nomignolo? – rispose Blanche, sbruffona. In realtà, non se ne sarebbe stupita più di tanto: il braccio armato del cardinale era nero, torvo, perfido almeno quanto il suo signore.
E con ancora meno senso dell'umorismo.
Da dietro la porta dello studio si sentì un colpo di tosse più forte dei precedenti, che ebbe l'effetto di far saltare Jean sulla sedia.
– Contessina, prego, di qui! – squittì subito il giovane segretario. Le aprì la porta dello studio di Richelieu come avrebbe fatto con il coperchio di un sarcofago e la richiuse, poi, subito alle sue spalle.
Armand-Jean du Plessis, duca di Richelieu e Fronsac, la Volpe in Rosso, chiamato così per via

Capitolo VI

della porpora cardinalizia - e della sua diabolica astuzia - era acquattato dietro al suo lungo tavolo come un alligatore al sole in attesa della preda.

– Vi siete divertita a giocare con le bambole, de la Fère? – la salutò con uno sgradevole tono da predicatore.

– Non ero esattamente divertita, signore – rispose lei, cercando di sostenere quello sguardo livido e scuro. – Ma nella parte di una perfetta dama di compagnia, come mi avete consegnato di fare.

L'uomo lanciò tre potenti starnuti, tanto potenti da far scappare negli angoli dello studio alcuni dei suoi numerosi gatti. E volare via gli uccelli appollaiati sul davanzale della finestra che non apriva mai.

– Ragazzina, ho bisogno che voi mi facciate una commissione.

– Con piacere.

– Dovete andare da un certo Perdreau... – le passò un biglietto scritto con una calligrafia che non sembrava la sua. Richelieu poteva imitarne diverse a suo piacimento. – Come vedete, non mi sento bene. E il dottor Bontemps mi ha prescritto alcune cure... più rigorose.

Blanche lesse l'indirizzo appuntato sul foglio.

– Ne siete sicuro, Eccellenza?

Alla corte dei miracoli

L'uomo non le rispose subito, perché doveva riprendere fiato. – Sicuro di cosa?
– Qui leggo che dovrei andare alla corte dei miracoli. Il posto più malfamato della città. Siete sicuro che questo Perdreau...?
Il cardinale ghignò. – Sicura che troppi cosmetici non vi abbiano fatto crescere la paura, de la Fère? State andando a fare la mia commissione, o preferite tornare a corte a incipriarvi il viso? – tagliò corto il cardinale.
Blanche batté i tacchi a terra, irritata.
Non abbiamo affatto paura, Volpe.
Solo le pareva assurdo doversi recare a recuperare una medicina in un groviglio di strade popolate da miserabili ladri travestiti da mendicanti, la cui unica occupazione era far sparire come "per miracolo" monete e borselli dalle tasche di chiunque passasse da quelle parti.
– Certo che no, Eminenza. Sarà fatto prima di sera.
– Uhm. Ottimo. Un consiglio... –. L'uomo squadrò il bel vestito da damigella di Blanche. – Sarebbe meglio passare per un garzone, in modo da non attirare troppo l'attenzione. Che è poi il motivo per cui preferisco mandare voi, anziché Rochefort.

Capitolo VI

– Discrezione, Eminenza... – ripeté lei.
– Esatto. Per cui, vestitevi da garzone, agite da garzone. Ma soprattutto *pensate* come uno di loro. Come faceva vostra madre...
Il vostro garzone, Eccellenza. È questo che mia madre era per voi?
– Jean! – urlò allora l'uomo. E poi tossì. – Trovale dei vestiti. E sella un cavallo per lei – ordinò.
– Il vostro segretario mi sembra molto impegnato – disse allora Blanche, con un inchino. – Posso farlo da sola. E, poi, credo di conoscere meglio di lui gli animali di monsieur Le Goffre.

Un grande tramonto scendeva sulla Senna mentre Blanche cavalcava Victor, il lipizzano veneto che aveva preso con Marcel, ma questa volta da sola, e senza armi, dato che non aveva avuto tempo di passare da camera sua. Seguendo alla lettera le indicazioni del cardinale, raggiunse le porte di Saint-Denis e, da lì, proseguì verso rue Réaumur.
Una volta arrivata, legò stretto il destriero e gli sussurrò all'orecchio: – Stai!
Poi, intercettando lo sguardo calmo del cavallo, cambiò idea e lo slegò.
– Arrivo subito... – aggiunse.

Alla corte dei miracoli

Tenendo il volto ben incappucciato nel tabarro nero, si fece strada nei bassifondi della città vecchia, verso il loculo in cui lavorava questo Perdreau. I suoi dubbi si fecero più concreti quando vide dove stava: una sorta di covo sul fondo di un vicolo scellerato, davanti al quale stazionavano cinque garzoni, incappucciati come lei. Evidentemente c'era qualche ritrosia di troppo a farsi vedere davanti alla bottega di quello speziale, anche se era di certo molto popolare.

La porta della bottega era bassa e storta, tagliata da fenditure come un formaggio inacidito. Blanche non disse una parola, chinò il capo e si mise in coda. Fissava la punta delle sue scarpacce e intanto teneva le orecchie bene aperte. Lentamente la fila si assottigliò. E quel poco che la spia vide degli altri garzoni non la consolò per niente. Cicatrici da catene, mani a cui mancavano una o più dita. Malfattori. Criminali. Ex galeotti. Altro che semplici garzoni. E, come lei guardava gli altri, si sentì fissare di ritorno, con quella acuta curiosità di chi è abituato al malaffare.

Calma, Blanche. E non facciamo vedere che stiamo trattenendo il fiato!

Rimpianse ancora di più di non avere con sé la

Capitolo VI

sua spada, ma si sforzò comunque di respirare in modo regolare, nonostante gli effluvi acri e stomachevoli del vicolo intorno a lei. Quando arrivò il suo turno, si infilò sotto al trave mezzo marcio della bottega, consegnò la lettera a una megera nascosta da un bancone e ritirò, senza pagare, né dire una sola parola, un piccolo flacone color verdastro, che nascose subito in una tasca della mantella.

Una volta uscita, trovò il vicolo deserto. E anziché rallegrarsene, si preoccupò ancora di più. La ragazza mascherata da garzone si incamminò verso il suo cavallo più veloce che poté.

Non appena svoltò nel vicolo accanto, sentì alcuni passi dietro di lei e, anche senza voltarsi, capì che un uomo si era messo alle sue calcagna. Raggiunse rue Réaumur solo per accorgersi che, davanti al lipizzano, c'era un secondo uomo. Un uomo dall'aria già vista.

È Faust! Quel bruto che ci ha inseguite e quasi uccise a casa del signor Pernelle!

Stava studiando il cavallo e, non appena Blanche comparve in mezzo alla strada, snudò la spada.

La giovane si fermò. Ma non l'uomo che la stava seguendo. Provò ad afferrarla da dietro, ma lei si divincolò, lasciando però cadere il cappuccio.

Alla corte dei miracoli

I lunghi capelli neri spuntarono dal tabarro e le inondarono le spalle.
– È una ragazza! – esclamò il tizio che l'aveva seguita.
Era uno di quelli in coda da Perdreau? Faceva differenza?
– Lo dicevo, io – esclamò Faust, cinque metri davanti a lei. – Mi hanno parlato di questo cavallo. Non passa certo inosservato. Quindi eri tu, l'altro giorno, mocciosa impicciona che non sei altro?
– Non so di cosa stai parlando.
– Che rogne vai cercando, ragazzina?
– Da quando in qua è vietato fare un giro per la città?
– Lo chiami un giro per la città, questo? Sai dove ci troviamo?
– A Parigi, se non mi sbaglio.
Faust ondeggiò baldanzoso da una gamba all'altra. E intanto Blanche soppesava a mente quante possibilità aveva, questa volta, di scappare.
– Era da Perdreau – disse l'uomo dietro di lei.
– Appunto... – aggiunse Faust. – Che cosa ci va a fare una signorinella così carina da un avvelenatore come Perdreau?
Avvelenatore? In che senso?

Capitolo VI

– Prima ti sorprendo trafficare nel laboratorio di Pernelle – proseguì il gigante. – E ora... cos'hai ritirato, ragazzina?
– Facci vedere! – disse l'uomo che l'aveva seguita.
– Giù le mani! – esclamò lei, allontanandolo.
I due risero.
– Uh uh...
– Che caratteraccio... il mio amico era soltanto curioso...
Poi, nelle mani di entrambi comparirono due lame.
– Sarebbe davvero un peccato dover graffiare quel bel nasino...
– Avanti: chi sei, che cosa sei venuta a fare e chi ti manda per davvero? – ghignò Faust. – O pensi che mi sia bevuto la storiella della regina?
– Pernelle che ne dice? – ribatté Blanche, cercando di spostarsi per non farsi schiacciare contro il muro. Per fortuna rue Réaumur non era poi così stretta.
– Pernelle è uno sciocco! – esclamò Faust. – Ha paura anche della sua ombra!
– Facci vedere quello che hai preso da Perdreau! – incalzò l'altro uomo.
– E va bene... – rispose Blanche. Invece, senza

Alla corte dei miracoli

preavviso, scattò. Fece cadere con un calcio il coltello dell'uomo più vicino a lei e lo recuperò con una capriola, mentre quell'altro imprecava.

Era un coltellaccio lungo dieci dita, male equilibrato, ma era pur sempre qualcosa. Lo fece volteggiare in aria come le aveva insegnato a fare d'Artagnan e, se non altro, il più piccolo dei suoi aggressori arretrò di qualche passo.

– Ah! Oltre che a saltare dalle finestre e a correre veloce, sai anche tenere un coltello in mano! – ruggì Faust, incalzandola con la spada. – E, dimmi, cos'altro sai fare?

Blanche parò un colpo, ma era un combattimento impossibile: Faust era tre volte più grande di lei, e la sua spada tre volte il suo coltello. Saltò come un daino da una parte all'altra del vicolo, finché l'altro, con un affondo, le trapassò il cappotto. Blanche sentì pizzicare la pelle e poi qualcosa di umido che le colava lungo le costole.

La medicina del cardinale!

Faust si fermò, come se il suo obiettivo non fosse ucciderla, ma spaventarla quanto bastava.

– Allora? – la incalzò.

Blanche si tastò la tasca interna del mantello e scoprì che il flacone era intatto. L'umido che aveva sen-

Capitolo VI

tito era sangue, il suo. Era stata ferita. La scoperta in parte la rallegrò, in parte la mandò su tutte le furie.

– Allora, vuoi sapere cos'altro so fare? – esclamò, con gli occhi che le brillavano.

– Oh, sì! – rispose l'uomo.

– So cavalcare, per esempio – rispose Blanche, e poi pregò che quello che le aveva raccontato Marcel sull'allenamento dei cavalli lipizzani fosse vero. Si mise le mani a cornice della bocca e urlò: – Galoppa, subito!

Lo splendido cavallo partì all'istante. Fece risuonare gli zoccoli sul selciato e puntò verso di loro come una furia. Faust lanciò un'imprecazione e si schiacciò contro il muro più vicino per evitare di essere travolto, mentre Blanche saltò in sella con un colpo di reni. E una fitta al fianco sinistro, là dove era stata appena ferita.

– Bravo, Victor! Galoppa! Galoppa! – esclamò, mentre inforcava le staffe e stringeva le briglie con una mossa felina. – E ora via, via! A casa!

Si chinò sulla criniera e finalmente respirò, mentre Faust, per la seconda volta, imprecava alle sue spalle.

– Ti troverò! Ti troverò! Stai tranquilla che ti troverò!

Alla corte dei miracoli

Certo, certo, come no. Al prossimo ballo.

Blanche si tastò delicatamente la ferita: era un taglio superficiale, di quelli, però, in grado di far impazzire la sua domestica, se non lo avesse tamponato al più presto.

Ma non abbiamo tempo per questo, mi spiace, cara Alphonsine.

Cavalcò velocissima ed euforica fino ai grandi platani, infine sulla collinetta di Chaumont, e da lì di nuovo alla Senna. Solo allora diede al lipizzano l'ordine di procedere al passo. E tirò fuori dalla tasca la boccetta di Perdreau. Aveva un aspetto strano.

Mon Dieu! *Che cosa ci avete mandato a prendere, cardinale? Questo di certo non è sciroppo di melissa.*

E cosa ci faceva, lì, lo stesso uomo che aveva incontrato da Pernelle? Che cosa avevano in comune, quelle due botteghe? Erbe? Essenze? Sostanze proibite, vendute in gran segreto? O che altro?

Col fiato in gola e il cuore ancora al galoppo, la spia della regina cercò di calmarsi.

Osservò il cielo sopra di lei che si tingeva del colore della notte.

E poi puntò, il più velocemente possibile, verso le stalle. Raggiunto il palazzo reale, imboccò

*Galoppa! Galoppa!
A casa!*

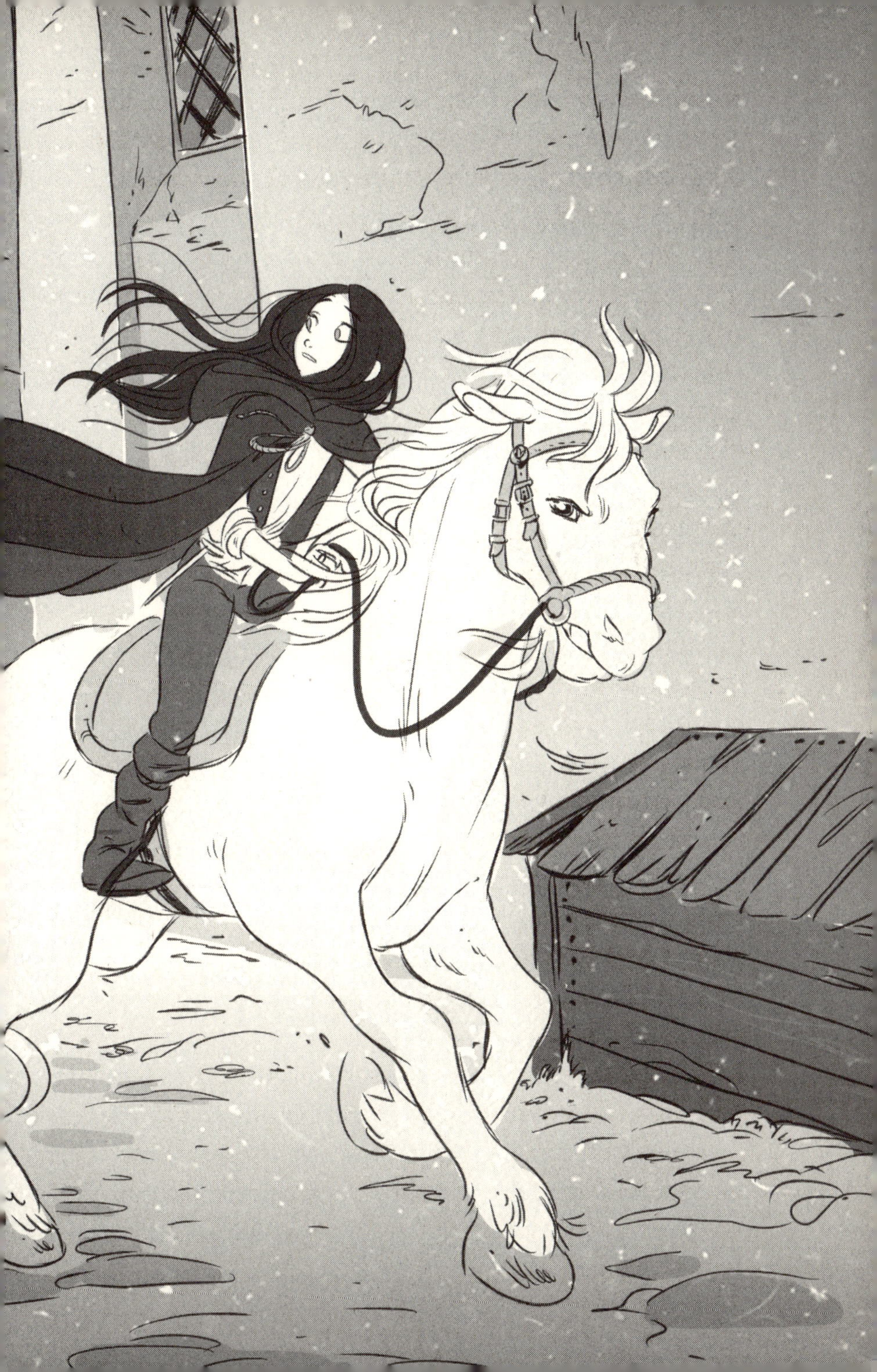

Capitolo VI

il passaggio segreto nascosto nella cripta, e con la solita conta, prima del gradino numero trecento svoltò a sinistra. Una volta nella sua stanza afferrò una delle boccette di profumo che aveva trovato nella borsa della signora Brûlard e la svuotò con cautela. Quindi estrasse la fiala di Perdreau, la aprì, travasò all'interno del flaconcino profumato una piccola quantità dell'inquietante medicina. Prima di uscire corse alla toeletta a lavare alla bell'e meglio la ferita.

Mentre ripercorreva il passaggio al contrario ripassò a mente le mosse successive e realizzò di avere bisogno di un asso nella manica da utilizzare in extremis. Si ricordò del punto debole di Jean e, con un sorriso sulle labbra e uno scatto felino, raggiunse la porta di servizio delle cucine reali. Agguantò qualcosa di soffice e profumato da un carrello e lo arrotolò in un fazzoletto che per sua fortuna aveva con sé. Fece ritorno nell'ufficio di Jean con il fiato in gola. Sperava che il segretario fosse ancora lì, per consegnargli la medicina di Richelieu senza destare il minimo sospetto.

CAPITOLO VII

INTRIGO ALLA TARTE TATIN

Quando Blanche salì le scale, buie, del palazzo del cardinale, era già notte fonda. Ma la luce delle candele che filtravano dall'anticamera le fece capire che c'era ancora qualcuno.

– Jean, che ci fai qui? – esclamò la ragazza, spingendo la porta. Si finse stupita, anche se era esattamente quello che si era augurata.

– Contessina! Tutto bene? Cominciavo a preoccuparmi!

Il fatto che il segretario di Richelieu fosse preoccupato, e che l'avesse aspettata, andava nella direzione dei sospetti di Blanche. C'era qualcosa nell'aria. Una delle trame oscure della Volpe in Rosso, di cui il flaconcino di Perdreau era un componente indispensabile. Tanto da costringere il segretario ad aspettare il suo ritorno.

– Ho fatto più tardi del previsto, scusami… – esordì lei, stringendo i denti.

– Tutto bene, contessina?

– Oh, sì. Ho solo dovuto combattere con due balordi e uno di loro mi ha quasi trapassato le costole, proprio qui…

Il solo accenno a sollevare i vestiti bastò a Jean per sbiancare e chiederle di fermarsi.

Intrigo alla tarte tatin

– State scherzando, vero? – si affrettò a domandare.

Blanche sorrise.

Jean, Jean, se sapessi quanto poco abbiamo voglia di scherzare!

Gli passò con cautela il flaconcino destinato al cardinale. Il ragazzo lo mise subito in un cassetto, che poi chiuse a chiave.

– Dev'essere davvero un brutto raffreddore... – disse Blanche, a cui non sfuggirono tutte quelle attenzioni.

– Eh, già...

Jean si alzò prudentemente dal suo sgabello e accennò a spegnere la candele.

– Il cardinale è andato? – insistette.

– Già.

– E Rochefort?

– Anche, per fortuna.

– E tu hai ancora molto lavoro da fare?

– Non più, adesso.

Quindi era davvero soltanto lei, che stava aspettando. Blanche provò a dare un'occhiata ai vari documenti sparsi sulla scrivania, cercando una qualsiasi traccia che la potesse aiutare a capire quello che stava accadendo. Ma erano solo inutili

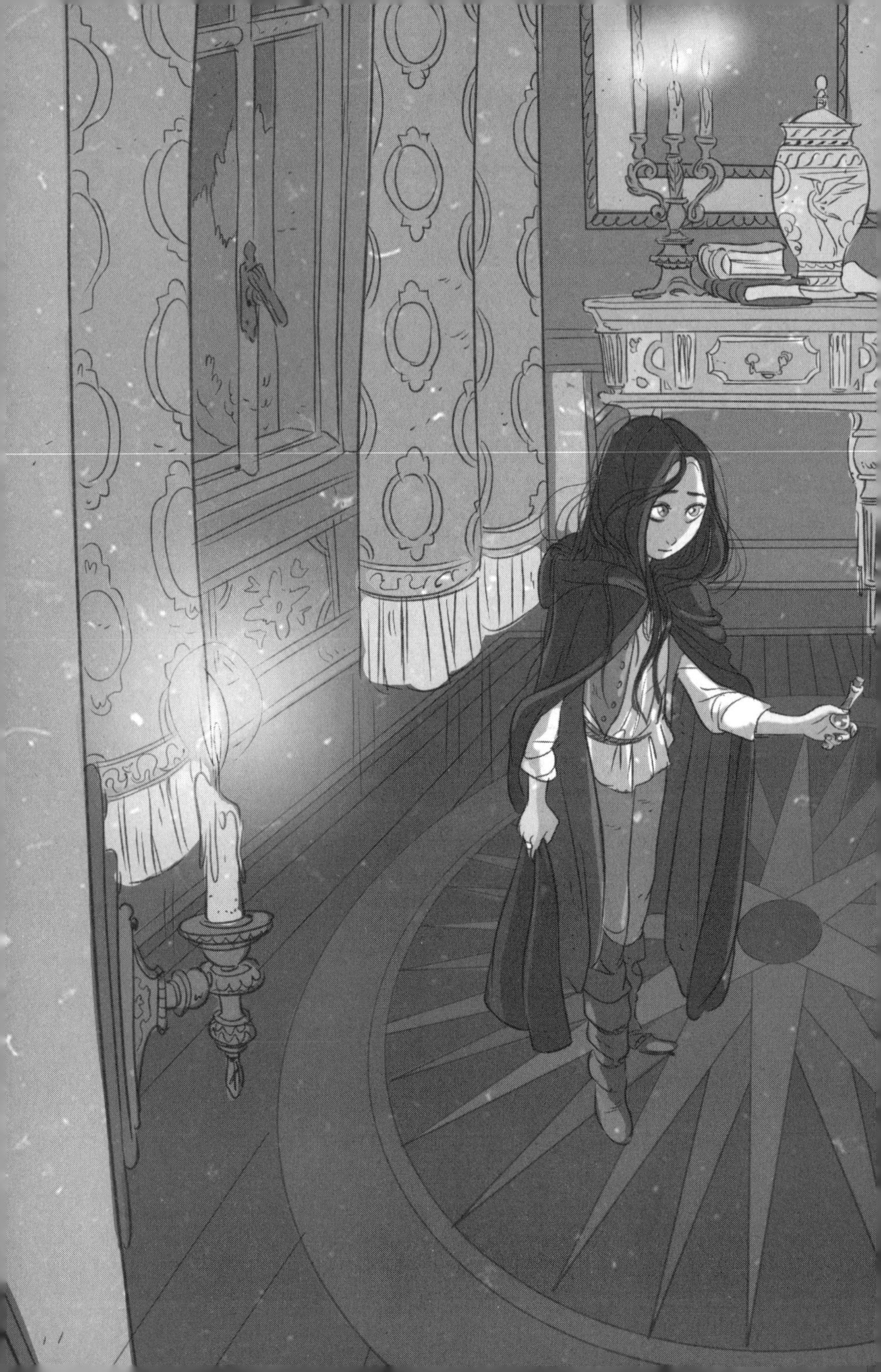

Jean, Jean, se sapessi quanto poco abbiamo voglia di scherzare!

Capitolo VII

incartamenti, o così le parvero: "Stati Generali", "decreti da annullare", "nuove tasse e gabelle" o "questione spagnola".

– Sono andati via insieme?
– No.
Dove siete andato, Richelieu?
– E il cardinale non ti ha detto nulla, dei suoi impegni?

Jean spense l'ultima delle candele e disse:
– Blanche. Sua Eminenza ha sempre impegni. Ma non per questo li deve confidare a me. E in ogni caso...

– ...Se te li confidasse, tu non li diresti a me – completò Blanche per lui.

– Non ho detto questo.
– Ma l'hai fatto capire.

La ragazza sospirò vistosamente e si voltò dall'altra parte, come se avesse appena ricevuto una tremenda delusione. E si accorse di una cosa.

– Dove è finita l'armatura? – domandò.
– Non me ne parlate! È nell'ufficio del cardinale! – rispose Jean. – Lui e Rochefort mi hanno fatto diventare matto. Porta dentro, porta fuori e...

Spalancò la porta che dava sulle scale e uno dei

Intrigo alla tarte tatin

gatti di Richelieu si fiondò tra le sue gambe, spaventando entrambi.

– Malefici! Sono malefici! – esclamò Jean. – Sembra che lo facciano apposta!

Tirò fuori dalla cintura un enorme mazzo di chiavi e chiuse la porta a tre mandate. Poi, i due scesero, senza parlare.

Le scale erano buie. La strada buia.

– Ora non mi resta che andare a casa tutta sola nel cuore della notte... – disse Blanche, una volta che arrivarono fuori.

Jean rimase zitto, rimuginando.

Forza, Jean, dov'è finito il tuo spirito da cavaliere? È notte, noi siamo sole e indifese, e tu... tu...

– Allora buona notte, contessina! – rispose il ragazzo.

Ma lei non intendeva mollare, a quel punto.

Si guardò intorno, sconsolata.

– Non si dovrebbe uscire a piedi di notte... – disse.

– È quel che ho detto al cardinale... – ribatté Jean.

– Davvero?

Lui si guardò intorno, sempre più agitato.

– Hai sentito... della "compagnia dei sette briganti"? – domandò Blanche, indicando la direzione

Capitolo VII

che Jean avrebbe dovuto prendere per andare a casa. – Dicono che se ti trovano per strada... siano fe-ro-cis-si-mi!

Il segretario deglutì. Guardò il palazzo reale, dalla parte opposta, e valutò di poter fare il giro da lì. Dove, se non altro, c'erano più guardie.

– Cosa ne dite, se... vengo per un po' con voi? – domandò, con un filo di voce. – Potrei farvi da... cavaliere! – esclamò, tutto rosso.

Alla buon'ora! E che coraggio!

– Molto bene, Jean. Così, nel caso dovessimo incontrare dei manigoldi, potresti... ehm... aiutarmi a chiedere aiuto!

Di punto in bianco, Blanche prese il segretario sottobraccio, facendolo agitare. La ragazza attaccò: – So che sei il segretario personale di Sua Eminenza, e per dovere di riserbo non puoi svelare nulla che lo riguardi. Il che è stimabile... anche se, direi, lui un po' se ne approfitta... – aggiunse.

– Ma io non...

– Voglio solo sapere cosa bolle in pentola, Jean... – lo interruppe lei.

– *Désolé,* contessina, non posso...

Dobbiamo giocarci l'ultima carta. E ora vediamo se quello che si dice di te è vero, Jean Charpentier.

INTRIGO ALLA TARTE TATIN

– Per caso ti andrebbe una fetta di torta alle mele? – domandò la ragazza, con noncuranza, mentre si avviavano in rue de Rivoli.
– Se mi andrebbe? Ho così fame che mangerei un gatto vivo! E saprei anche quale! – esclamò Jean, con le mani ficcate nel tabarro.
Tra quelle di Blanche comparve un fazzoletto di seta. E, nel fazzoletto, una fetta di una magnifica *tarte tatin* arrivata direttamente dalle cucine reali.
– Gradisci?
La giovane dama gliela sventolò sotto il naso, aspettando che l'esplosione di mele e zucchero facesse il resto.
Lui esitò un attimo prima di accettare, poi ne mangiò un enorme boccone.
Blanche ne aproffitò per continuare il suo interrogatorio.
– Jean, sono io, mi conosci. Sai bene che non lo dirò a nessuno. E che non mi piace come vengo trattata: senza mai un'informazione in più, una cortesia, niente!
– Questo è vero.
– E quindi?
– Qualcosa in effetti c'è... – disse, poi, con la

Capitolo VII

bocca piena. – E deve essere qualcosa di grosso, per darsi appuntamento a mezzanotte...
Beccato!
– Dove?
– Alla cripta del Louvre, ma... – Jean si allarmò. – Io non vi ho detto niente!
– Oh, Jean! *Tu es fantastique!* – esclamò lei, stampandogli un bacio sulla fronte.
Chissà se questa tarte tatin *ha appena salvato la corona di Francia!*
– Buonanotte, allora!
– Buonanotte, contessina!

Il giovane non capiva il motivo di tanto entusiasmo, e rimase a bocca aperta quando vide la giovane correre all'improvviso verso il Louvre che torreggiava in lontananza, stretto in una parata di bandiere e di gigli bianchi.

Fece per pulirsi la bocca col pezzo di stoffa, quando si accorse che gli aveva lasciato il fazzoletto con le sue iniziali ricamate a punto e croce. Nel vedere quelle quattro lettere, "B", "D", "L" e "F", il suo cuore volò subito in alto, ben più in alto delle bandiere di Sua Maestà!

Da come era corsa a dormire, non sembrava più molto interessata agli appuntamenti di Richelieu,

Intrigo alla tarte tatin

e non sembrava nemmeno che avesse paura della compagnia dei sette manigoldi.

E se invece... tutte quelle domande... il fatto stesso di essere arrivata tardi... fosse stata solo una messa in scena per fargli avere il fazzoletto? E con il fazzoletto, tutto ciò che quello intendeva?

Non l'aveva forse salutato con le parole: «Oh, Jean, *tu es fantastique*?».

Jean Charpentier si fermò, nel buio più buio di rue de Rivoli, con il cuore così impetuoso che avrebbe potuto stordire ogni malintenzionato.

Che Blanche, quindi, corrispondesse i suoi sentimenti?

Svoltò in rue Coquillière, tirò fuori una seconda chiave dalla collezione che portava alla cintola ed entrò nella piccola dimora in cui abitava con la mamma, il papà, i nonni, la zia e i suoi nove fratelli.

– Sono io! – si annunciò, con un ardore che nessuno si ricordava di avergli mai sentito.

CAPITOLO VIII

UN PATTO SCELLERATO

La ragazza sgattaiolò lesta nella cripta della chiesa.

Le poche candele, esauste di cera, gettavano luci tremolanti su putti di marmo, Madonne della pace e minacciose pergamene di marmo punteggiate di lettere latine. Brancolando nel buio, Blanche rischiò d'inciampare sull'inginocchiatoio di una panchina per via di una fitta al fianco.

Ahi, la mia ferita! Come si fa a fare piano, se fa male così all'improvviso.

Per fortuna conosceva a menadito quella cripta. Si diresse verso il passaggio segreto dietro l'altare per poter raggiungere, da lì, la sua camera, quando il pavillon de l'Horloge scoccò uno via l'altro i suoi dodici colpi.

Parbleu! È *già mezzanotte?*

Poco dopo Blanche udì dei passi. Si accucciò a terra, dietro la colonna di un'acquasantiera, quindi baciò l'anello, regalo del padre, che portava alla mano destra per chiedergli la sua protezione.

Nella penombra malamente rischiarata dalle candele intercettò due sagome piuttosto simili che procedevano lungo la navata della cappella sotterranea.

Un patto scellerato

Blanche strizzò gli occhi e, senza fiatare, cercò di metterli a fuoco.

Uno era sicuramente Rochefort, ma... senza la divisa biancorossa delle guardie di Richelieu.

In visita non ufficiale, quindi. Strano, molto strano... E l'altro chi è?

L'altro non lo riconobbe subito. Era un uomo dalle spalle larghe e la camminata incerta. Blanche si sporse a guardare meglio, curiosa e al tempo stesso timorosa di essere sorpresa, domandandosi a che genere di incontro stesse assistendo.

– La persona di cui vi parlavo vi aspetta là dentro –. La voce di Rochefort risuonò particolarmente cupa sotto alle volte basse della cripta. Il suo dito indicò il confessionale.

L'altro uomo chiese conferma con lo sguardo, la ottenne, poi si diresse, titubante, verso la cabina di legno scuro, come chi non si confessa da molto tempo. Piegò una sola gamba sull'inginocchiatoio, dirimpetto alla graticola, come se temesse un qualche pericolo. Si vedeva anche da lontano, che era nervoso.

– E così il vostro vero nome è Damian Ionescu, dico bene? – esclamò una voce proveniente da dietro la tenda di velluto violaceo con un crocefisso d'oro ricamato nel centro.

Capitolo VIII

Blanche si fece attenta.
– No, signore, vi confondete con qualcun altro. Il mio nome è Naval Dubois...
Naval Dubois? Ma è il nome del saltimbanco, quello delle pulci sognanti!
– So tutto, risparmiate pure il fiato – rispose la voce nel confessionale.
– Signore, io non so cosa...
– Ho occhi e orecchie in tutta Parigi, Ionescu. E questi occhi e queste orecchie mi dicono che a quanto pare neanche voi siete sconosciuto... alla legge di Francia!
Che cosa sta succedendo?
L'energumeno si passò le mani tra i folti capelli ricci e poi li lasciò, impassibile.
– Raccontatemi com'è andata e vi dirò cosa posso fare per voi, e perché vi ho convocato qui, stasera.
Blanche si guardò intorno.
Non c'era traccia del cardinale Richelieu. Il solo Rochefort, sulla soglia della chiesa, si guardava intorno come uno di quei corvi appostati sugli alberi dei cimiteri.
Il capo dei saltimbanchi, intanto, si tormentava al confessionale, divorato da chissà quale conflitto interiore. E poi prese un lungo respiro.

Un patto scellerato

– Nell'estate di otto anni fa sono stato imprigionato nella Bastille Saint-Antoine, signore. L'accusa era alto tradimento alla corona.

Cosa?! Il signor Dubois è stato imprigionato nella fortezza della Bastiglia?

– Ma ero innocente – si difese l'uomo con voce ferma, senza lasciar trasparire emozioni, come chi ha ripetuto inutilmente, e fino allo stremo, quella stessa frase.

– Vi credo, Ionescu. Vi credo. Continuate.

– Mi hanno strappato alla mia famiglia senza ragione, né processo, né prove, signore.

– Andate avanti – lo spronò l'uomo nel confessionale, lasciando trapelare una nota di entusiasmo.

Quella voce...

– Mi hanno trascinato in galera nonostante fossi del tutto innocente... – proseguì l'altro, ora con un brivido di rabbia. – A marcirvi per sempre.

– Ma so che voi non vi siete arreso e, Dio solo sa come, siete evaso dalla fortezza più inespugnabile della Terra. Siete un uomo molto coraggioso, monsieur Ionescu.

Il capo delle pulci sognanti spalancò le mani enormi, confuso. – Perché mi avete convocato qui? Chi siete e cosa volete da me?

*Quella voce...
quella voce
non ci è nuova...*

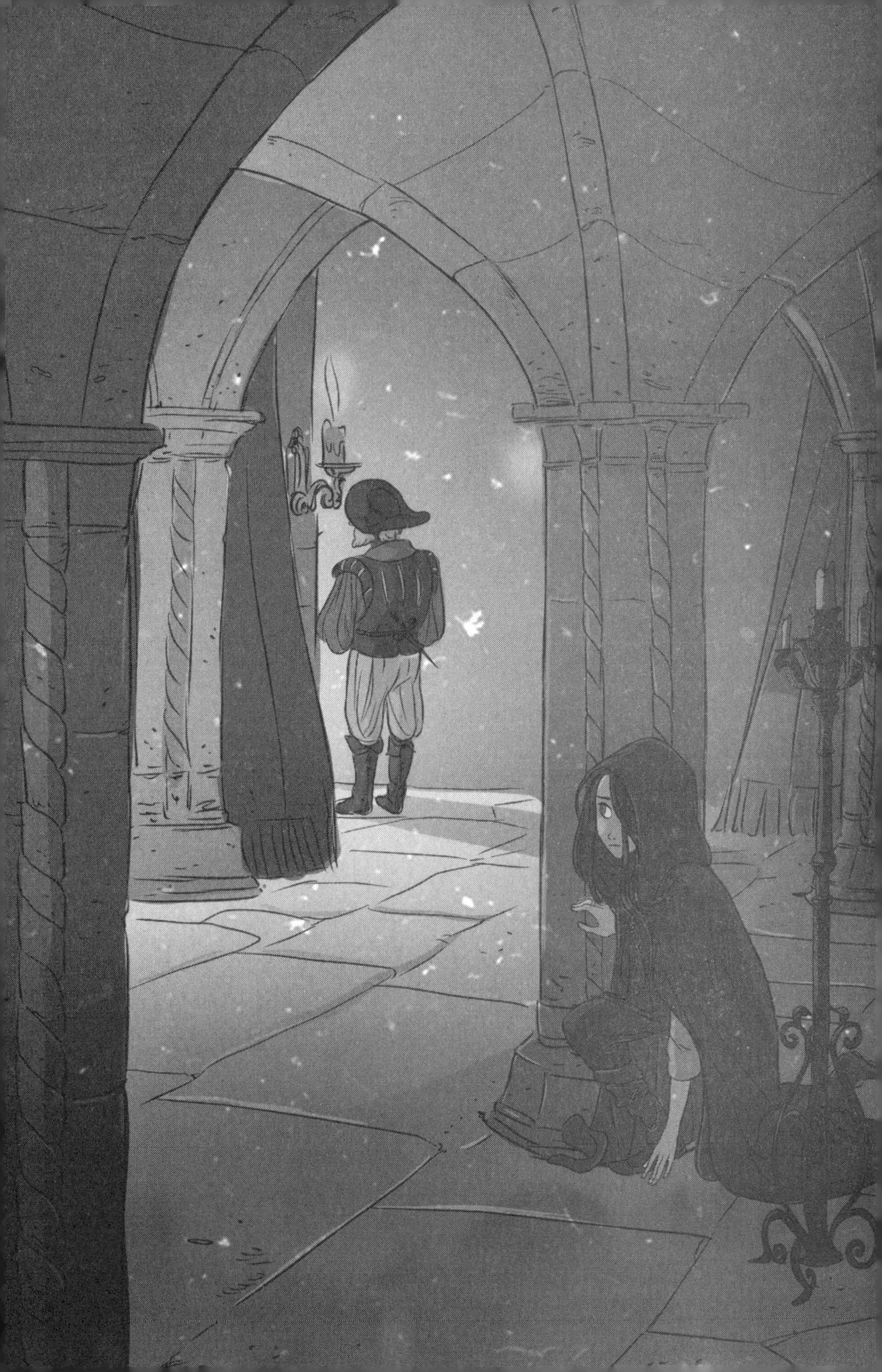

Capitolo VIII

– Voglio offrirvi un'opportunità unica – disse la voce dal confessionale. – Quella di ottenere finalmente giustizia. A nome della vostra famiglia. Della vostra storia. Di questa gloriosa landa di Francia, e per tutti gli uomini innocenti come voi.

Monsieur Ionescu non credeva alle sue orecchie. – E perché mai vorreste farlo? Non giocate con me, signore. Come mi volete offrire giustizia? Cosa volete in cambio?

– Semplicemente, che apportiate un piccolo cambiamento alla vostra torre umana di domani e che, alla fine, facciate brindare il re e la regina alla loro salute.

Fu solo allora che Blanche riconobbe la voce dell'uomo nel confessionale. E dovette trattenere un brivido. Si era sbagliata a pensare che il cardinale non fosse ancora arrivato all'appuntamento: c'era eccome, ed era nascosto dietro la tenda della cabina di legno!

– Vedete, Ionescu, far brindare l'uomo che ingiustamente vi ha mandato in galera sarebbe il segno della vostra definitiva riconciliazione con la madre Francia. E, se mi permettete, avrei già pensato alla modalità. Oltre che a un nome: si chiama *"grand final"*.

Un patto scellerato

Il saltimbanco lo ascoltava, sempre più spaesato.
– Funziona così. Domani, al vostro segnale, il ragazzino in cima alla torre...
– Intendete dire mio figlio.
– Vostro figlio, dunque, con una piroetta, arriverà ai piedi del re con due calici in mano. E servirà il vino da una certa bottiglia che vi sarà recapitata domani stesso. Il vino preferito del re.
Dubois sbuffò, senza capire. – Signore, e per questo mi convocate qui, a quest'ora di notte?
– Ionescu, Ionescu, ora capisco come avete fatto a cadere in un errore giudiziario: siete un uomo coraggioso ma poco sveglio! Come potrei consegnarvi una grazia, in pieno giorno?
Ionescu soprassalì.
– Non avete nulla di cui preoccuparvi. Ho i documenti con me, e tutto ciò che voglio da voi è la vostra parola... cambierete lo spettacolo in onore del re?
L'uomo inginocchiato non parlava più.
Stava in silenzio, riflessivo. Blanche, invece, doveva farsi violenza per non scattare in piedi e urlare.
Finalmente trovò il modo di fare la domanda:
– Non capisco, signore. Che cosa ho da perdere?
– Nulla, in effetti.

Capitolo VIII

– E voi, allora, cosa ci guadagnate?
– Dite bene! Cosa? –. La voce nel confessionale, a quel punto, sospirò profondamente. – Che voi, quando verrà il momento, quando vi sarà chiesto chi ha avuto l'idea del brindisi, direte che sono stati i moschettieri...
I moschettieri? Perché mai Richelieu, adesso, tira in ballo il corpo scelto del re?
– Voi chi siete, allora? – domandò il saltimbanco.
Come risposta, l'uomo nascosto nel confessionale fece scintillare l'elsa di una spada dei moschettieri. La stessa che il capo delle pulci sognanti aveva visto alla cintola di Marcel.
– Siete uno dei moschettieri del re?
Uno dei moschettieri del re? Che cosa?!
Dalla grata filtrò una pergamena arrotolata, che l'uomo aprì con qualche difficoltà e lesse con ancora più incertezza, per via dei bolli e delle filigrane che conteneva.
– Ecco la vostra grazia, Ionescu, perché non dobbiate più temere le prigioni del re. L'ho firmata io stesso. Ora vi fidate di me?
L'uomo sillabò alcune lettere, incerte...
– Voi siete dunque... d'Artagnan? – esclamò.
D'Artagnan?

Un patto scellerato

Non era possibile. Non era semplicemente possibile.

D'Artagnan non avrebbe mai organizzato una messa in scena del genere! E d'Artagnan non aveva quella voce.

– Andate pure, Ionescu, andate sereno. Siete libero. Fate quello che vi chiedo e potrete finalmente confessare alla vostra compagnia qual è il vostro vero nome, senza temere di essere riconosciuto come un pericoloso criminale evaso dalla Bastiglia....

Blanche vide che Rochefort non aveva in mano la spada, come pensava, bensì un paio di rumorose manette.

Il signor Ionescu strinse i pugni. Ansimò senza sapere cosa fare.

– Signore, così mi uccidete... uccidete la mia dignità!

– E allora vivete, Ionescu! Vivete! – ruggì l'uomo nascosto nel confessionale. – Brindate al re! Avanti! Andate a studiare la modifica al vostro spettacolo!

– Non intendo farlo – ruggì il saltimbanco. – Non posso!

– E allora verrete nuovamente condotto alla Bastiglia! Ma questa volta nella torretta a nord, quella

Capitolo VIII

ad altissima sorveglianza, destinata ai più efferati criminali. Quando preferite venire imprigionato, dunque? Questa notte o domani, davanti a vostro figlio?

A quelle parole Rochefort fece scattare con enfasi le manette di ferro, avanti e indietro.

Ionescu capì di non avere scelta. – Fellone!

– Badate alle parole, saltimbanco: la mia pazienza ha un limite. E il mio accordo una scadenza...

Nello sporgersi per vedere quanto stava accadendo, Blanche urtò il sostegno di ferro di un grande candeliere, che cigolò rumorosamente.

Lanciò uno sguardo preoccupato alla porta, dove Rochefort aveva già drizzato le orecchie.

Maledizione! Non ci può sorprendere adesso.

Blanche si guardò intorno, indecisa sul da farsi. Vide la guardia del cardinale spostarsi dalla sua posizione e avvicinarsi alle colonne dietro a cui si era nascosta. Se solo d'Artagnan fosse stato davvero lì, insieme avrebbero potuto passare Rochefort e il cardinale a filo di spada, senza che nessuno lo sapesse. La ragazza si allontanò in direzione del passaggio segreto, cercando di tenere sott'occhio sia Rochefort, sia quanto accadeva nel confessionale. Vide che Ionescu si era alzato in piedi.

Un patto scellerato

– E sia! – quasi gridò l'uomo, furente. E poi aggiunse: – Sentite, moschettiere. È vero, sono povero, e sono ancora furioso per gli anni passati alla Bastiglia. Non c'è notte che non ripensi alle lacrime che ho versato, alla mia cella, circondato da topi e scarafaggi, pazzi e assassini! Non c'è giorno in cui non ricordi la rabbia cieca che ha rischiato di togliermi la ragione, e non c'è momento in cui non rammenti la mostruosa paura che ho provato durante la mia fuga –. Si interruppe, pensieroso. – Ma Sebastian, mio figlio, mi ha ridato la speranza –. Fece una lunga pausa. – Se quello che mi chiedete è brindare alla felicità dell'uomo che mi ha gettato in gattabuia senza nemmeno ascoltarmi, la mia risposta è no. Ma se mi dite che sarà mio figlio a farlo, allora...

Blanche avrebbe voluto gridargli di scappare, di non accettare, ma non poteva farsi scoprire. Si allontanò ancora, verso l'altare. Udì i passi di Rochefort che si avvicinavano.

E la voce del saltimbanco sempre più distante: – E ora, se volete scusarmi, devo cambiare il copione per domani...

No, non cambiatelo! Non fate niente!

Blanche si appoggiò al marmo dell'altare, chiu-

Capitolo VIII

se gli occhi, e sentì tutto il freddo della notte salirle lungo la schiena. Quando li riaprì, vide l'ombra di Rochefort accanto all'acquasantiera e si tuffò nel passaggio segreto, allontanandosi di corsa.

– Che Dio, almeno, sappia che a Damian Ionescu non è stata lasciata alcuna scelta – disse ancora il saltimbanco, nella cripta.

Poi afferrò la pergamena e si avviò verso l'uscita, con tanta rabbia tra le spalle che le candele si imbizzarrirono al suo passaggio.

– Se proprio ci tenete, miserabile, posso provare a spendere una parola buona per la vostra insulsa anima... – aggiunse l'uomo nel confessionale, non appena i passi si furono allontanati.

Richelieu, vestito con la divisa armata dei moschettieri, aprì la tenda con forza e chiamò Rochefort. Poi, insieme a lui, uscì dalla cripta.

CAPITOLO IX

ACQUA
TOFANA

Blanche cercò inutilmente di dormire per il resto della notte, ma non ci riuscì. Tentò più volte di infilarsi nei corridoi che portavano alle camere della regina, senza riuscirci. Non poteva parlare con nessuno, non poteva sfogarsi e le parole che aveva ascoltato nella cripta continuavano a rimbombarle nella testa.

Cosa sta succedendo? Cosa sta architettando la terribile Volpe in Rosso?

Non era nemmeno l'alba, quando la spia della regina afferrò da sotto il letto lo spadino, dall'armadio la boccetta di profumo in cui aveva travasato il misterioso medicinale, e una garza di stoffa dall'armadio dei vestiti. La ferita faceva ancora male...

Sgattaiolò fuori dal palazzo e procedette seguendo l'odore acquitrinoso della Senna, il cappuccio ben alzato sul volto e il passo greve di un garzone.

«Vestitevi da garzone, agite da garzone. Ma soprattutto *pensate* come uno di loro» le aveva detto il cardinale solo il giorno prima.

Solo che Blanche preferiva pensare come Blanche.

Pagò con un quarto di moneta il passaggio di

Acqua tofana

un pescatore di carpe, e durante la traversata della Senna si medicò meglio che poté la ferita al petto.

Dopo una lunga camminata nervosa si ritrovò nei pressi del *Lapin Noir*, una bettola di boscaioli, contadini e conciatori. E moschettieri. La porta della locanda era ancora sprangata, e le uniche anime presenti erano un paio di oche intente a beccare alcuni barili vuoti, alla disperata ricerca di avanzi.

Forza, d'Artagnan. Forza! Dove ti sei nascosto?

Aggirò l'edificio e salì il colle fino all'ombra di un faggio, sotto cui si rannicchiò, le ginocchia strette tra le mani. Da una parte Parigi, dall'altra una valle suggestiva, disseminata di monoliti di età romana, campi e strade di campagna su cui stava sorgendo un sole pallido, coperto di nubi. Blanche si immerse in quel bagliore, immaginando il rumore metallico delle spade di gladiatori e il rotolare delle ruote dei loro grandi carri. Chissà perché, poi, pensava che fossero grandi.

Lo vide spuntare in fondo alla strada, e quasi le si mozzò il fiato. Aveva la gola secca, gli occhi arrossati dalla notte insonne. Erano tre notti, ormai, che dormiva troppo poco. Le tremavano le mani.

– D'Artagnan! – lo chiamò, saltando in piedi.

Capitolo IX

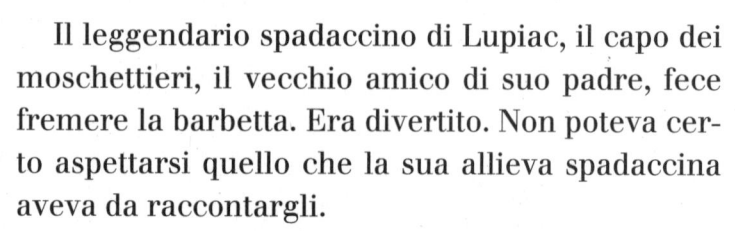

Il leggendario spadaccino di Lupiac, il capo dei moschettieri, il vecchio amico di suo padre, fece fremere la barbetta. Era divertito. Non poteva certo aspettarsi quello che la sua allieva spadaccina aveva da raccontargli.
– Come mai così mattiniera?
– Non sai cosa sta succedendo a palazzo, maestro! – rispose lei, scattando in piedi.
– In guardia, mia diletta!
– Oh, no, d'Artagnan, ti prego! Non sono venuta qui per le lezioni di scherma!

Ma l'altro non le diede tempo di reagire. Afferrò l'elsa della spada e la mise alla prova con una delle sue mosse eccezionali, la "scheggia di ghiaccio", che stava cercando di insegnarle. Consisteva nel mirare il lato sinistro del rivale per poi spostarsi velocemente sul lato destro e inchiodarlo con una sola, inevitabile stoccata. Blanche reagì come poteva, ma non fu abbastanza veloce. Soprattutto, la ferita superficiale alle costole le faceva ancora male, e il pendio sotto al faggio era troppo ripido. Perse l'equilibrio e d'Artagnan dovette porgerle una mano per non farla rovinare a terra.

Blanche avrebbe voluto piangere a dirotto, ma in qualche modo riuscì a trattenersi.

Acqua tofana

– Piano, piano, spadaccina! – rise il moschettiere. – Non abbiamo ancora iniziato! Ma che ti succede?

Succede che il cardinale... e il circense... e la medicina di Perdreau...

Si sentiva stravolta e confusa, e sarebbe probabilmente svenuta su due piedi se non le fossero tornati alla mente l'immagine armata del cardinale e l'eco della sua diabolica voce.

A quel pensiero si riprese. Ricordò a se stessa chi era: la figlia di un moschettiere e di Milady de Winter, la più micidiale spia del cardinale Richelieu. E per uno strano scherzo del destino, o una sciagurata maledizione, anche lei si era ritrovata, come sua madre, a fare la spia per lo stesso uomo, schiacciata però da un terrificante doppio gioco al servizio della regina Anna. Era la pedina più piccola di una partita a scacchi che doveva giocare bendata. Ecco cos'era. E non era venuta lì, all'alba, a supplicare l'aiuto di d'Artagnan... ma se mai ad avvertirlo!

In guardia, Blanche, e si ricomincia!

Si levò una lacrima dagli occhi e incalzò il suo maestro con qualche colpo ben sortito.

– Sputa il rospo.

*In guardia, Blanche,
e si ricomincia!*

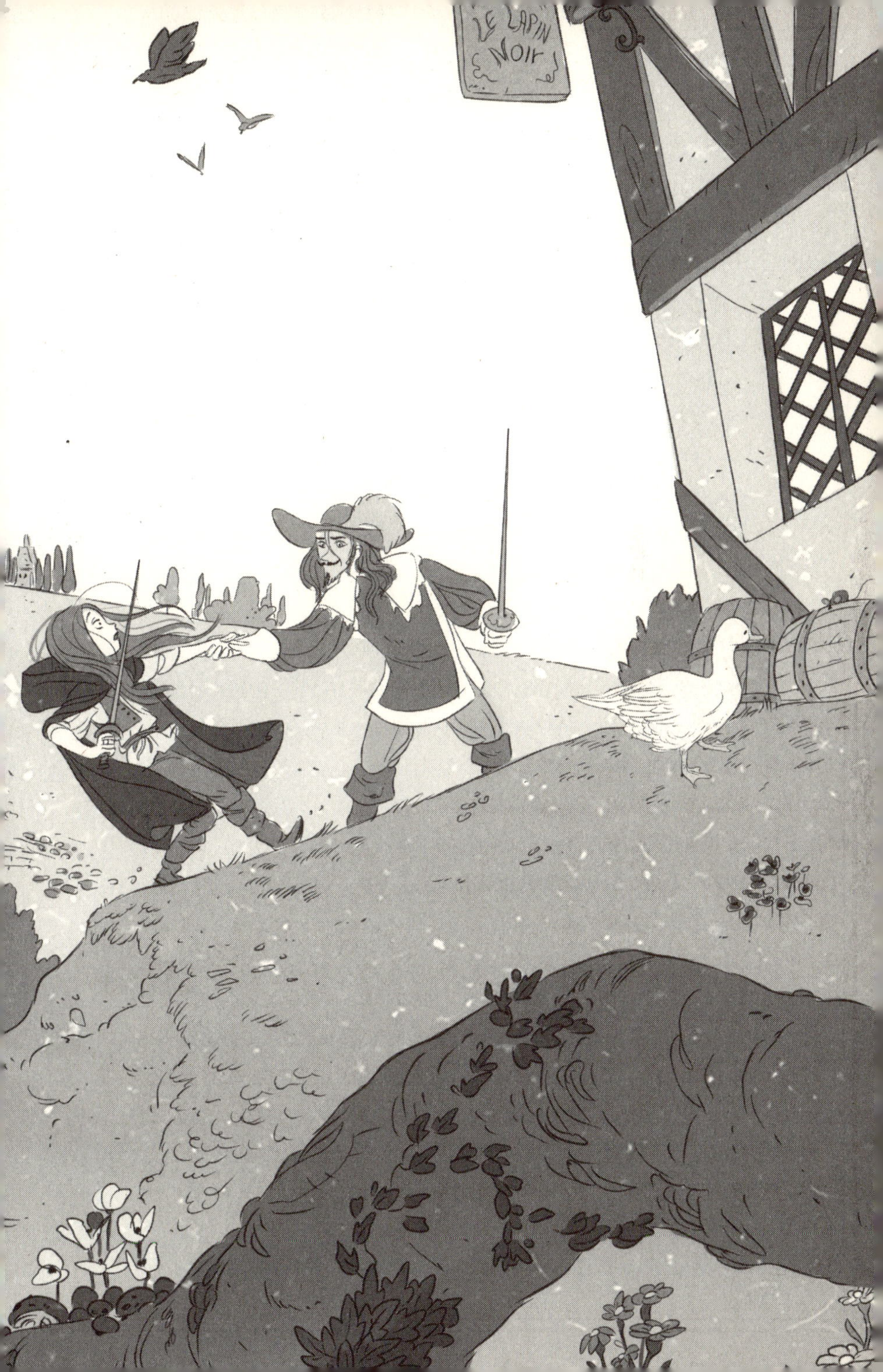
LE LAPIN NOIR

Capitolo IX

– Non c'è nessun rospo!
– Sì che c'è! Allora? Hop! Hop! Brava, così! Forza: prima lo sputi, e prima svuoti la mente. Niente distrazioni, quando si combatte!
Le punte delle loro spade danzavano veloci.
– Vuoi saperlo per davvero?
D'Artagnan si divincolò con una parata e fece un paio di affondi davvero eccezionali. – Dipende – disse, continuando a dar di spada. – Sono notizie buone o notizie cattive?
La giovane non gli rispose.
– Allora comincio io – disse il luogotenente dei moschettieri, mentre Blanche iniziava finalmente un buon attacco.
Lui lo respinse con facilità e poi, con un affondo da manuale, inchiodò un lembo di velluto della mantella dell'allieva contro il legno di un carro abbandonato, appoggiato a un muro lì vicino. – Ieri sera ho saputo dal signor di Tréville che Richelieu ha rinunciato per la prima volta in vita sua alla sfilata delle armi in onore del re per far posto a uno spettacolo di saltimbanchi. E sembra che l'idea venga direttamente dalla regina...
– E un po' da me... – mormorò Blanche, liberandosi dalla spada.

Acqua tofana

– *Bien!* – esclamò d'Artagnan. – Me lo aspettavo! E quindi?
– Secondo te?
Ripresero a duellare.
– Se il mio intuito non mi inganna, se Sua Eminenza ha accettato un simile cambio di programma, è perché ha in mente qualcosa di ben diverso, oltre ai funamboli...
– Non ti sfugge nulla, maestro – ansimò Blanche, incalzando il moschettiere.
– E a te?
– Informazioni su un certo Perdreau. Lo conosci?
– Dovrei?
Finalmente, Blanche riuscì a mettere a segno una stoccata vincente. D'Artagnan sorrise, ma poi avvitò la sua spada a quella della ragazza e gliela fece volare via di mano.
– Che significa? – domandò lei, stupita da quella mossa così improvvisa.
– Significa che ti serve più allenamento, Blanche. Non domande. Affondi e stoccate. Affondi e stoccate...
La giovane tirò fuori dalla tasca il flaconcino, pieno per metà di quell'ambiguo liquido.
– Che cos'è? – le domandò d'Artagnan.

Capitolo IX

– Lo vorrei sapere anche io. Il cardinale mi ha mandato in gran segreto ieri a recuperarlo in un vicolo della corte dei miracoli. Da questo Perdreau, appunto.
– Non esattamente un posto di rinomati speziali... – mormorò il comandante dei moschettieri.
– È quello che ho pensato anche io.
Il moschettiere lo stappò. – Profumo?
– In origine, sì, di quel pomposo di Pacôme... – disse Blanche. Ma non era quella la storia che voleva raccontare. – Poi al suo interno ho versato un po' del "distillato medicamentoso" che mi ha mandato a prendere il cardinale. E ho allungato con l'acqua quello che gli ho consegnato...
– Ben fatto.
D'Artagnan diede un'occhiata alle oche che beccchettavano sul retro della locanda, si avvicinò alla ciotola sbrecciata colma di acqua piovana e ci versò dentro alcune gocce del liquido scuro.
– Cosa ti ha detto che dovrebbe fare questo intruglio? – mormorò d'Artagnan.
– Curargli il raffreddore. Forse ci vorrebbe qualcuno che ne capisca di medicamenti...
– Forse.
– E non è tutto – aggiunse Blanche, finalmente

Acqua tofana

più tranquilla. Andò a recuperare il suo spadino in mezzo alle ortiche e poi raccontò al maestro di spada della conversazione notturna che aveva origliato: la vera identità del capo dei saltimbanchi, la faccenda della fuga dalla Bastiglia e del suo odio per il re, il modo in cui aveva accettato il cambio di programma con il brindisi solo perché a chiederlo era stato... d'Artagnan.

– E tu sei sicura che fosse Richelieu?
– Sì.
– L'hai visto?

Blanche scosse il capo. – Ho dovuto andarmene per non essere scoperta. Ma era lui, te lo posso giurare.

– Perché fingere di essere me? – quasi gridò il maestro, sguainando di nuovo la spada. – E questa faccenda della grazia? Come moschettiere del re, non ho l'autorità di firmare un simile documento.

– Non è detto che Dubois, anzi, Ionescu, lo sappia...

– Dunque è una trappola... – rimuginò d'Artagnan, rigirando tra le dita l'elsa col simbolo inciso a fuoco dei moschettieri.

– È quello che ho pensato io – disse Blanche.

Capitolo IX

– Ma non capisco per chi. Se davvero il capo delle pulci sognanti è un ex galeotto... perché autorizzare il suo spettacolo proprio davanti al...

Le parole le morirono in gola. Blanche si portò le mani alla bocca e non terminò la frase.

Una delle oche della locanda era caduta a terra, stecchita.

– Lo sapevo... acqua tofana! – disse il moschettiere, correndo accanto al povero animale. Era morto sul colpo.

D'Artagnan sollevò l'oca da terra e guardò Blanche. – È un liquido velenoso. Pare l'abbia inventato una ricca fattucchiera italiana per uccidere suo marito...

– È mortale, quindi? – gemette Blanche. – E ora, cosa stai facendo?

– Vado a pagare l'oca ai proprietari e mi assicuro che nessuno la mangi.

– Intendi dire che Richelieu mi ha mandato alla corte dei miracoli a prendere...

– Un veleno – la anticipò il moschettiere, marciando con il corpo dell'oca in braccio.

Un veleno?

– Due once di arsenico macinato, uno di piombo lasciati bollire per qualche ora nell'acqua e poi fil-

Acqua tofana

trati. Potentissimo, senza odore né sapore. Un distillato mortale, che non lascia tracce, soprattutto se lo si camuffa in una minestra o, meglio ancora, nel vino...

– Oh, no! – esclamò Blanche.

– Oh, sì! – disse d'Artagnan. – Però che il cardinale stia progettando di avvelenare entrambi i sovrani di Francia, mi sembra alquanto strano...

– Che voglia eliminare la regina è risaputo, a dire il vero... – sospirò Blanche.

– Ma il re? Senza di lui il cardinale non sarebbe primo ministro, e non avrebbe tutto il potere che ha...

– Forse voleva solo usarmi come sua complice per screditarmi agli occhi della regina...

– Il tutto per far ricadere la colpa su di me! – concluse d'Artagnan.

– Dobbiamo avvertire la regina! – esclamò Blanche.

Al che, il capo dei moschettieri si fermò in mezzo alla strada.

– Non adesso, non ancora – disse, piano. – Penseremo alla regina quando avremo capito esattamente cosa sta organizzando Richelieu. Prima di allora, non devi raccontarle niente.

– Ma...

Capitolo IX

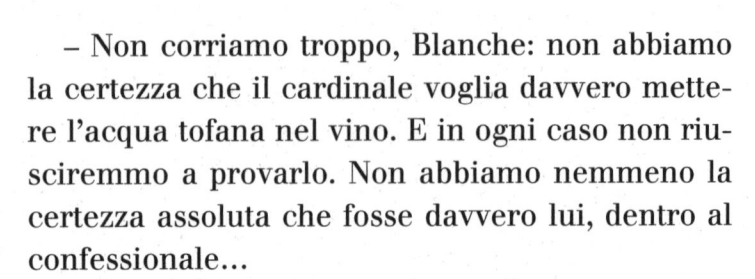

– Non corriamo troppo, Blanche: non abbiamo la certezza che il cardinale voglia davvero mettere l'acqua tofana nel vino. E in ogni caso non riusciremmo a provarlo. Non abbiamo nemmeno la certezza assoluta che fosse davvero lui, dentro al confessionale...
– D'Artagnan!
– Non fraintendermi. Io ti credo. Ma quel pover uomo dello spettacolo non ti crederà mai. Ormai è troppo tardi per fermare le cose. E lui è convinto che sia stato io a parlargli. Se solo proviamo a smascherare il complotto, sarà il primo a gridare il mio nome e a mostrare quel documento!
– Ma è falso!
– Falso ma astuto, come ogni cosa che riguarda il cardinale, anche se... c'è un fatto... –. D'Artagnan bussò forte contro la porta chiusa della locanda.
– E cioè che tu sei più astuta di lui.
Blanche spalancò gli occhi.
– La Volpe in Rosso non sa che tu sai. E non ha capito che, da tua madre, non hai preso solo il bel visino.
Fu come se le avesse dato una coltellata.
– Mia madre...
– Non voglio parlare di lei. Tua madre è morta.

Acqua tofana

Ma prima che morisse tutti noi abbiamo fatto una serie di errori terribili, con lei.
– Quali errori?
– L'abbiamo sottovalutata. Esattamente lo stesso errore che il cardinale sta facendo adesso con te.
La porta si socchiuse. Un grugnito assonnato scivolò fuori dalla fessura e una moneta d'argento passò dalla mano guantata del moschettiere.
– Compro quest'oca, signore – disse d'Artagnan.
E fu tutto.
Si allontanarono insieme verso la Senna.
– Come hai detto che era, il vero nome di questo Dubois?
– Ionescu – sussurrò la giovane spia. – Damian Ionescu.
– Ed è stato alla Bastiglia, giusto?
– Giusto.
– Allora partiamo da lì – concluse il moschettiere. – Da quello che è registrato negli archivi, e dalla stanza di Rochefort.
– Vuoi andare a…?
– Non io – la interruppe il maestro. – Tutti sanno chi sono e di certo Rochefort non mi lascerà controllare gli archivi nelle segrete con tanta facilità.
La fissò.

Capitolo IX

– M-mi s-stai dicendo che mi devo introdurre nelle segrete della Bastiglia? – balbettò la spia della regina.

– E che devi anche uscirne, Blanche – disse il moschettiere, gettando il corpo dell'oca nella corrente del fiume.

CAPITOLO X

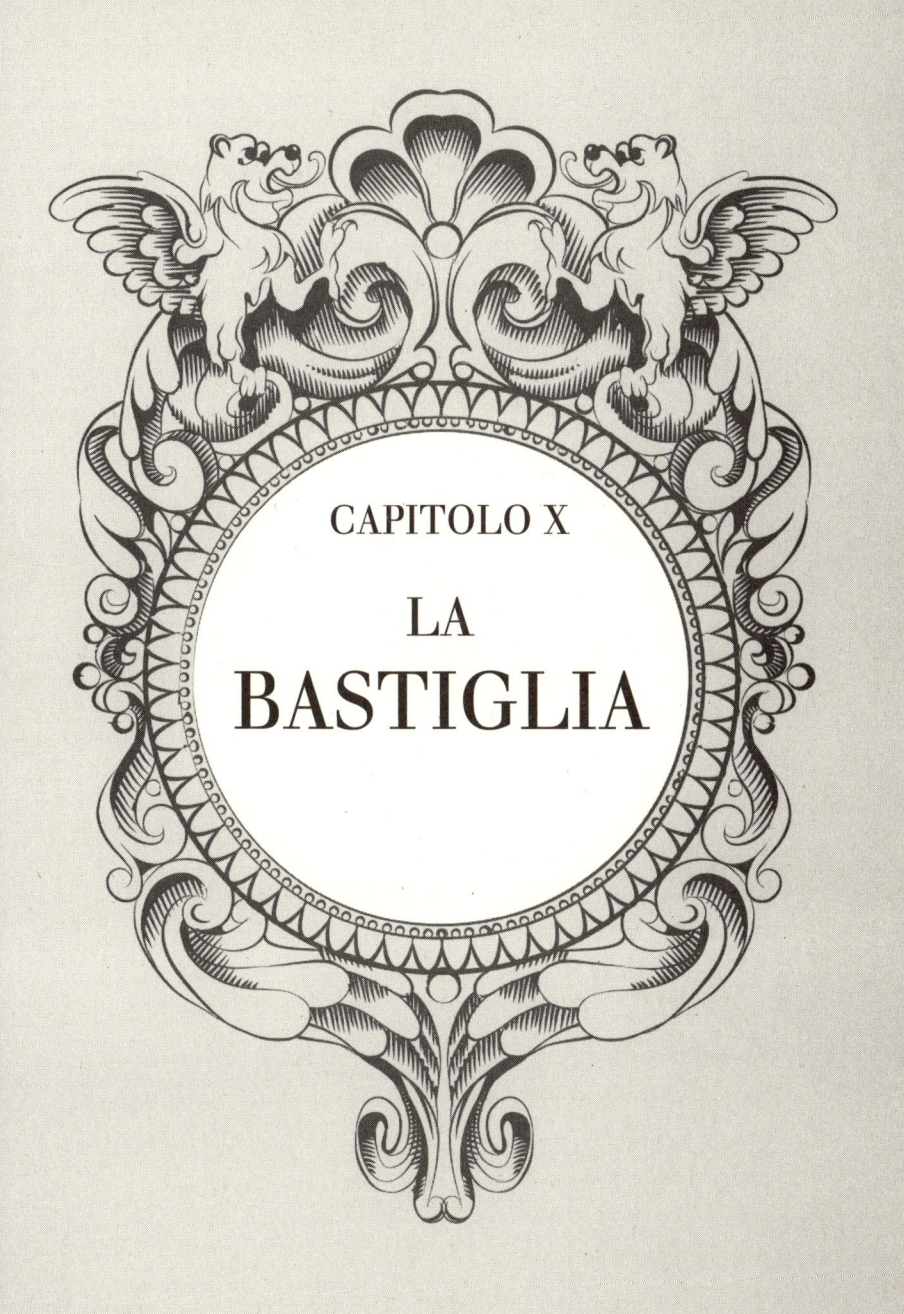

LA BASTIGLIA

Era una bella giornata di sole, ma all'ombra della Bastiglia faceva freddo. Come se la prigione emanasse un'impenetrabile aura di gelo e di sofferenza. D'Artagnan scortò Blanche lungo le grandi mura squadrate, evitando l'ingresso principale, con il suo macabro viavai di carri e di persone. Raggiunsero invece un'uscita minore, fetida e puzzolente, nascosta dietro mucchi di paglia marcita. Il moschettiere fece cenno a Blanche di aspettarlo in un andito, poi bussò e sparì all'interno della fortezza. La ragazza guardò sconsolata il fazzoletto di cielo sopra la sua testa. La prigione incombeva sugli edifici intorno, come appestandoli.

Nessuno cerca di entrare di nascosto nella Bastiglia, Blanche. Al massimo, di uscirne.

Poi sentì d'Artagnan che fischiava, e si riscosse. Il moschettiere era in compagnia di un uomo dai lunghi capelli unti e dagli occhi completamente imbiancati dalla cataratta.

– Lui è Maquet... ti farà da guida nelle segrete... – lo presentò.

Blanche gli fece un cenno di saluto, ma quello nemmeno la guardò. Era cieco e non a caso lavorava al buio senza aver bisogno di una torcia per rischiararsi il cammino.

La Bastiglia

– Maquet, ti affido il mio ragazzo... – aggiunse d'Artagnan, avvicinando il braccio di Blanche alla mano dell'uomo, in modo che lui la potesse toccare. Era ruvida, febbrile. Le saggiò il gomito e l'avambraccio, poi grugnì: – È una ragazza.
– Fa differenza, amico mio? – domandò il moschettiere. Tre monete passarono dalla sua mano a quella di Maquet.
L'uomo le intascò e si strinse nelle spalle.
– Non per me. Io la porto fin lì e lì la lascio, signore. Non voglio responsabilità.
– Va bene. Lei sa cosa fare.
Lo sappiamo, Blanche?
Maquet si avvicinò alla porta intagliata nelle mura e la socchiuse, entrando. D'Artagnan, invece, si inginocchiò davanti a Blanche.
– Vai con lui. È fidato. Non ti tradirà. Gli ho dato istruzione di condurti sotto, dove ci sono i registri. E di darti una luce.
– E lì mi lascerà?
– Sì – ammise il luogotenente dei moschettieri. – Già così è un favore che ci fa. Tu memorizza la strada mentre la percorrete, perché poi dovrai farla tutta da sola per uscire, chiaro?
Blanche annuì, spaventata. La sola idea di per-

Capitolo X

dersi nelle segrete della Bastiglia le bloccò la lingua.
– Se ti perdi, urla. E fai il mio nome. Io sarò dentro e ti verrò a prendere. Ma solo se ti trovi nei guai, perché a quel punto il nostro piano sarà saltato.
– Non ti chiamerò.
– Io faccio il giro per entrare dal portone principale e andare a parlare con Rochefort. Quando sentite le nostre voci, scendete. Lo terrò occupato il più possibile, per darti il tempo di cercare il nome di questo Damian Ionescu nei registri dell'estate di otto anni fa. Trovalo, scopri qual è il delitto per cui è stato rinchiuso qui dentro e perché si dichiara innocente. E poi esci –. D'Artagnan le strinse le spalle. – Te la senti? Pensi di farcela?
La spadaccina gli restituì uno sguardo terribile. Lo stesso che, molti anni prima, aveva sua madre quando il moschettiere scoprì che aveva ucciso la donna che amava. Lui la lasciò andare con sorpresa e spavento, e Blanche se ne accorse.
– A dopo, d'Artagnan – gli sibilò, entrando nella Bastiglia al seguito della sua guida.

Maquet camminava con passo regolare, scendendo nel buio come se il buio non esistesse. Per-

La Bastiglia

correva corridoi sempre più stretti, si fermava, lasciava passare guardie armate, superava condotti mentre Blanche si sforzava di non ascoltare i lamenti e le urla dei prigionieri. La ragazza era invece concentrata a tenere a mente ogni svolta e ogni deviazione che Maquet faceva, come quando doveva imparare a memoria una poesia. Solo che questa volta non rischiava solo una figuraccia da salotto. Rischiava piuttosto di trovarsi imprigionata in un'ala di celle e mani sudice che si sporgevano per afferrarle gli abiti, senza nessuna idea di come uscirne.

Destra, in fondo. E poi a sinistra. Tutte le scale.

La prigione era come un'enorme creatura vivente, traforata di passaggi e celle minuscole e umide. Ai lamenti e al rumore di catene si sovrapposero ben presto i gocciolii d'acqua e gli squittii dei ratti. A un certo punto a Blanche parve di sentire la voce del suo maestro di spada, e poi quella di Rochefort, ma le stanze in cui si trovavano erano così piene di eco che la sua poteva essere stata solo un'illusione.

A sinistra, e giù, giù, giù.

Si avvitarono in una lunga spirale discendente, bagnaticcia, dove il pavimento diventò ben presto

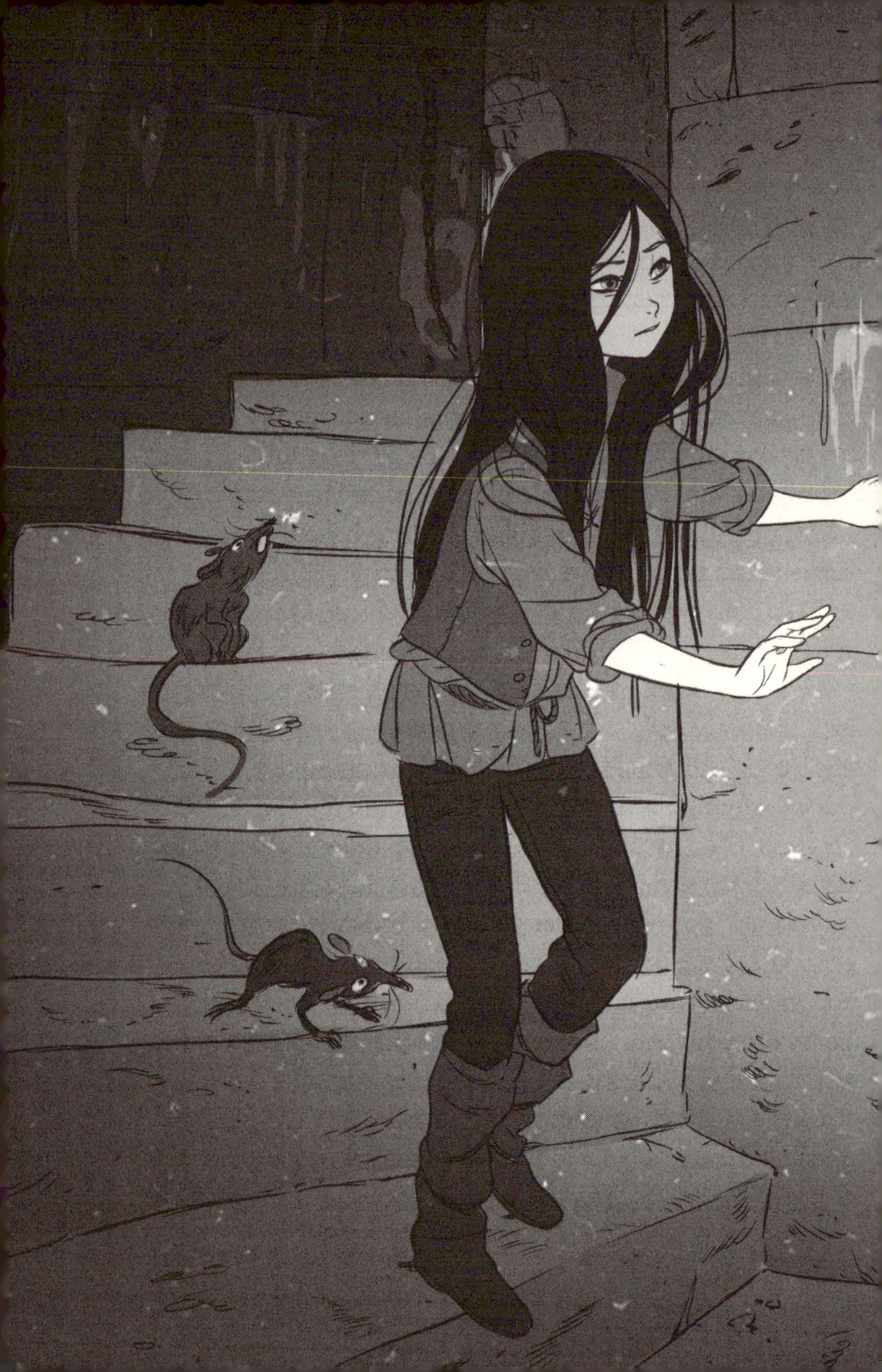

*Destra, in fondo.
E poi a sinistra.
Tutte le scale.*

Capitolo X

di terra, porosa. E dopo un infinito girare su se stessi, finalmente Maquet disse la prima parola da quando erano entrati: – Sono questi.

Aprì una grande porta senza serrature, tastò nel buio alla ricerca di una torcia e, con movimenti rapidi e precisi, ne accese la sommità avvolta nella pece. Una luce improvvisa ferì gli occhi di Blanche, mentre la torcia gocciolava per terra e spandeva fumo denso e oleoso nel soffitto a volta della stanza. Gli archivi erano stipati di scaffali e, sugli scaffali, giacevano enormi libri scritti a mano, con poderose copertine di pelle nera. Per terra, un pavimento di segatura, umida.

– Tieni ben chiusa la porta – disse ancora Maquet. E poi ritrasse le labbra sui denti gialli, per mimare un orribile muso di ratto.

Blanche era troppo terrorizzata anche solo per rispondere. Prese la torcia e si inoltrò tra gli scaffali, controllando i numeri scritti in nero sugli stipiti che reggevano i libri dei carcerati.

Ogni cosa pareva inghiottita dall'ombra. Ogni muro gocciolava e stillava umidità. E la pergamena e la carta dei libri odoravano di muffe e funghi.

La ragazza non sapeva bene cosa dovesse cer-

La Bastiglia

care, così aprì a caso uno dei registri, capì come erano organizzate le informazioni e ricominciò a guardarsi attorno. Anno dopo anno, si immerse a fondo negli archivi. Trovò i libri dei prigionieri di otto anni prima e li passò al setaccio, mentre la torcia crepitava sopra la sua testa.

No, no, no.

L'estate mancava. Controllò sugli scaffali laterali, aprì tutti quelli dell'anno, ma non c'erano dubbi: il registro su cui poteva essere annotato il nome di Damian Ionescu era stato rimosso. Perché?

Impiegò molto tempo a rassegnarsi, ma alla fine capì che non aveva senso rimanere lì, a cercare qualcosa che non c'era più. E anche se si era ripetuta mille volte la cantilena con tutto il percorso che avevano fatto per raggiungere quella stanza, temeva di poterla dimenticare da un momento all'altro.

Quindi uscì. Ricominciò a salire lungo il corridoio a spirale quando sentì alcuni passi che scendevano. Spense rapidamente la torcia e si appoggiò al muro, trovando una rientranza sufficientemente profonda da nasconderla. L'attimo successivo vide avvicinarsi, dall'alto, la luce di un'altra torcia, che disegnava una lunga ombra.

Capitolo X

Si rintanò ancora più a fondo nel suo riparo e sentì delle dita, umide, che le sfioravano il collo. Ma non gridò. Perché non erano dita, non erano mani, ma solo muffe, umide, che le ruscellavano nel collo.

I passi si avvicinarono, l'ombra si attaccò a due robuste gambe munite di stivali e poco dopo Rochefort in persona la superò. Il braccio destro del cardinale sembrava baldanzoso. Teneva alta la torcia nella mano sinistra e un grande volume di pergamena nell'altra.

Il registro mancante!

La guardia scese di sotto, Blanche la sentì spingere la porta da cui lei era appena uscita. E ripartì a cantare, mentalmente, la sua filastrocca sulla via di fuga.

Su, su, su, poi a sinistra, tutte le scale. Sinistra, in fondo, su e a destra...

Cercando di vincere l'istinto di correre via, fuori, aspettò, immobile, come un fantasma, fino a che Rochefort non la superò un'altra volta, tornando ai piani superiori della prigione.

Solo allora, quando i passi furono distanti, il buio di nuovo completo, la ragazza si staccò dal muro, respirò e decise cosa fosse meglio fare.

La Bastiglia

Accennò a risalire, poi si fermò, guardò l'oscurità dietro di lei e tornò nella camera dei registri. Cominciò a sfregare la focaia per riaccendere la torcia, che era ancora calda, e si fece una seconda volta una piccola corona di luce.

Si infilò tra gli scaffali, temendo che, da un momento all'altro, Rochefort saltasse fuori e la catturasse. Tirò fuori la spada, e la usò per scacciare la paura.

Coraggio, Blanche. Coraggio.

Il registro mancante era tornato al suo posto. Blanche si sedette per terra, con le gambe incrociate, e se lo aprì sulle ginocchia. Fece passare le pagine una dopo l'altra, giorno dopo giorno.

E finalmente lo trovò.

Ionescu, di anni ventiquattro.

Imprigionato per aver preso parte a un fallito attentato alla sorella della regina, in data 8 agosto, dopo essere stato prelevato in rue Brantôme. Ma prima di Ionescu, dove avrebbe dovuto esserci scritto "Damian"...

...

Blanche sollevò bene la torcia, per essere sicura di non sbagliarsi.

Non si sbagliava.

Capitolo X

Il nome segnato sul registro della Bastiglia era *Dimitri* Ionescu. Ecco perché *Damian* Ionescu protestava tanto la sua innocenza: perché molto probabilmente lo era.

– Hanno preso la persona sbagliata... – mormorò Blanche.

CAPITOLO XI
LE COPPE DI VERMEIL
...

Alphonsine si svegliò giuliva e di buon'ora. Adorava le feste di compleanno. E il 27 settembre era il giorno che la domestica attendeva con impazienza per tutto l'anno, al pari solo del suo onomastico! Dopo aver recitato il Pater Noster e l'Ave Maria, indossò il suo abito da lavoro più bello e selezionò il grembiule più immacolato tra i cinque che possedeva. Allacciò la cuffietta sulla nuca e rassettò la sua angusta stanza, un letto di legno e paglia incastrato tra un minuto baule dei vestiti e un comò su cui svettavano la Bibbia, un rosario, dei campioncini di stoffa e una scatola per il ricamo. Poi salì la scalinata verso il suo *petit-déjeuner* mattutino. Attraversando il grande salone da pranzo vide una sfilata di carrelli su cui erano disposti manicaretti dall'aspetto e dal profumo invitante: torte, millefoglie, arrosti, *boeuf bourguignonne*, ostriche alle erbe e poetiche insalate alle rose.

Alphonsine intercettò il maître Robuchon.

– Buongiorno, *monsieur le chef!* – disse, inalando un dolcissimo profumo di vaniglia che si espandeva in prossimità di una teglia argentata. – Vediamo se indovino... è neve di latte?

– *Ça va sans dire,* mia cara Alphonsine! – le ri-

Le coppe di vermeil

spose il cuoco di corte, destreggiando con maestria una *sac à poche* traboccante di una sfavillante crema di uova, latte e zucchero. L'aveva inventata proprio lui, sotto il nome appunto di *neige de lait*, quella bontà zuccherina che era divenuta in un battibaleno la coccola mattutina di tutti i nobili della corte. Nonché il dolce preferito di Sua Maestà Luigi XIII!

La donna proseguì tra le ampie sale e gli ariosi loggiati, arrivando fino agli angusti passaggi di servizio che conducevano nella saletta della servitù, dove un manipolo di maggiordomi, valletti, domestici e inservienti stavano smangiucchiando tozzi di pane, gallette di riso, pinzimonio e *crudités*, tra pettegolezzi e risate. Anche Alphonsine consumò la sua frugale colazione e se ne andò sbrigativa, pensando e ripensando a tutti i compiti della giornata che l'attendevano.

– *Salut*, Odette! – esclamò, appena vide la donna addetta alla manutenzione delle argenterie da tavola andarle incontro. – Finalmente il gran giorno è arrivato! – le comunicò sistemandosi la cuffietta in un fremito di gioia.

– Già, mia cara Alphonsine! Lo sai cosa mi spetta oggi? Un esercito di trecento soldatini d'argen-

Capitolo XI

to che vogliono una bella ripulita! – disse Odette, brandendo un panno di camoscio.
– Olio di gomito, allora, mia cara!
– Eh già! – rise l'amica. Quindi le si avvicinò: – Lo sai che tutti quei soldatini sono un regalo che sua madre fece al re quando era un bambino?
– Ma ci gioca ancora? – rise Alphonsine.
– Ah, sì. Si vocifera, anzi, che glieli avesse regalati per distrarlo e rubargli sotto il naso la reggenza della Francia...
– Per fortuna la regina non ha soldatini, ma dame di corte!
– E a proposito di dame di corte, quasi mi dimenticavo – esclamò Odette. – Ho un messaggio per te da parte della tua contessina!
– Un messaggio? – si allarmò subito Alphonsine.
– Dice di raggiungerla nel salottino verde.
– Nel salottino verde? – sbiancò Alphonsine. – Ma quello... quello...
– È il salottino della regina, sì! Si vede che intendono parlarti entrambe!
– La regina? Parlare a me? E di che cosa?
Alphonsine si rassettò come poté e Odette le sistemò il fiocco del grembiule. – Di cosa vuoi che ti parli, la regina? Del vestito della sua dama, no?!

Le coppe di vermeil

Alphonsine ci pensò un po'. Certo, sì, del vestito, che sciocca.

La domestica di Blanche de la Fère fece un mezzo sorriso preoccupato. A modo suo, secondo il codice delle donne di servizio, Odette la stava mettendo in guardia.

– Cose da matti! – rispose, seguendo il codice. E poi fece un breve inchino.

Le due si congedarono in un cenno d'intesa, poi la vecchia signora corse, per quanto veloce potesse, verso gli appartamenti della sovrana.

– Dimmi che non è successo niente, Blanche, che stai bene, al sicuro, e che devo solo preoccuparmi di un orlo o di un pizzetto... – borbottò, mentre attraversava a passo veloce un loggiato sventolante di bandiere e araldi reali, incredibilmente trafficato di coppieri, cocchieri, badesse e crestaie che correvano indaffarati da una parte all'altra trasportando scatoloni, impartendo benedizioni o spingendo carretti.

Fuori dalle finestre, i giardinieri della scuola di Jean Robin erano alle prese con gli ultimi ritocchi a cespugli, siepi e alberi che si ergevano lungo il perimetro della corte. Una moltitudine di fioraie si stava cimentando nella tessitura di lunghissime

Capitolo XI

ghirlande di gigli bianchi, e i Le Goffre con la strigliatura e la ferratura dei destrieri reali. Ognuno era affaccendato a suo modo nella preparazione della serata di festa per il re.

Quando l'anziana domestica raggiunse la porta del salottino aveva il fiato corto e le gambe molli.

– È permesso? – domandò poi, con tutta la gentilezza di cui era capace.

Nel salottino verde c'erano tre persone: la regina Anna, splendidamente scarmigliata, Blanche, con gli occhi cerchiati di chi non ha chiuso occhio, e d'Artagnan, il capo dei moschettieri. Tutti e tre torvi e visibilmente preoccupati.

Alphonsine si chiuse con attenzione la porta alle spalle, accennò un inchino e strinse, nella tasca, un panetto di sapone di olio di oliva e cenere, come se fosse un'arma.

– Non mi sgridare, Alphonsine! – sbadigliò Blanche, sulla poltrona del salottino reale.

– Santa Radegonda, cosa è successo? – si allarmò la fidata domestica.

La sovrana Anna le sorrise. – Niente di grave, ancora, Alphonsine. Venite!

Appena riconobbe la regina di Francia, la go-

Le coppe di vermeil

vernante della famiglia de la Fère si prodigò in un umile inchino.

– Non sapete che razza di furia possa diventare, Maestà! – disse ancora Blanche mentre la domestica si guardava intorno senza capire.

– Venite, Alphonsine... – disse anche d'Artagnan. – Prego. Abbiamo bisogno di voi.

– Di me?! – quasi squittì la governante. – E per cosa?

– Perché Blanche non ha chiuso occhio, ed è stanchissima – rispose la regina.

– E perché non avete dormito, mia cara? Questa sera è importante che voi... – la sgridò subito Alphonsine, ma Anna la interruppe.

– È colpa mia, Alphonsine: temo che, ieri sera, Blanche e io ci siamo attardate troppo nelle chiacchiere notturne... –. E, nel parlare, fece un rapido cenno di intesa con gli altri due.

– Per rispondere alla vostra domanda, Alphonsine... – intervenne D'Artagnan – la regina ha pensato che forse potreste farle un piccolo favore.

– Un favore, io?

– Esatto, Alphonsine... – disse la sovrana di Francia, con fare bonario. – Ho bisogno che facciate una cosa per me, una cosa piccola ma fondamen-

Questo non te lo aspettavi, vero, cara Alphonsine?

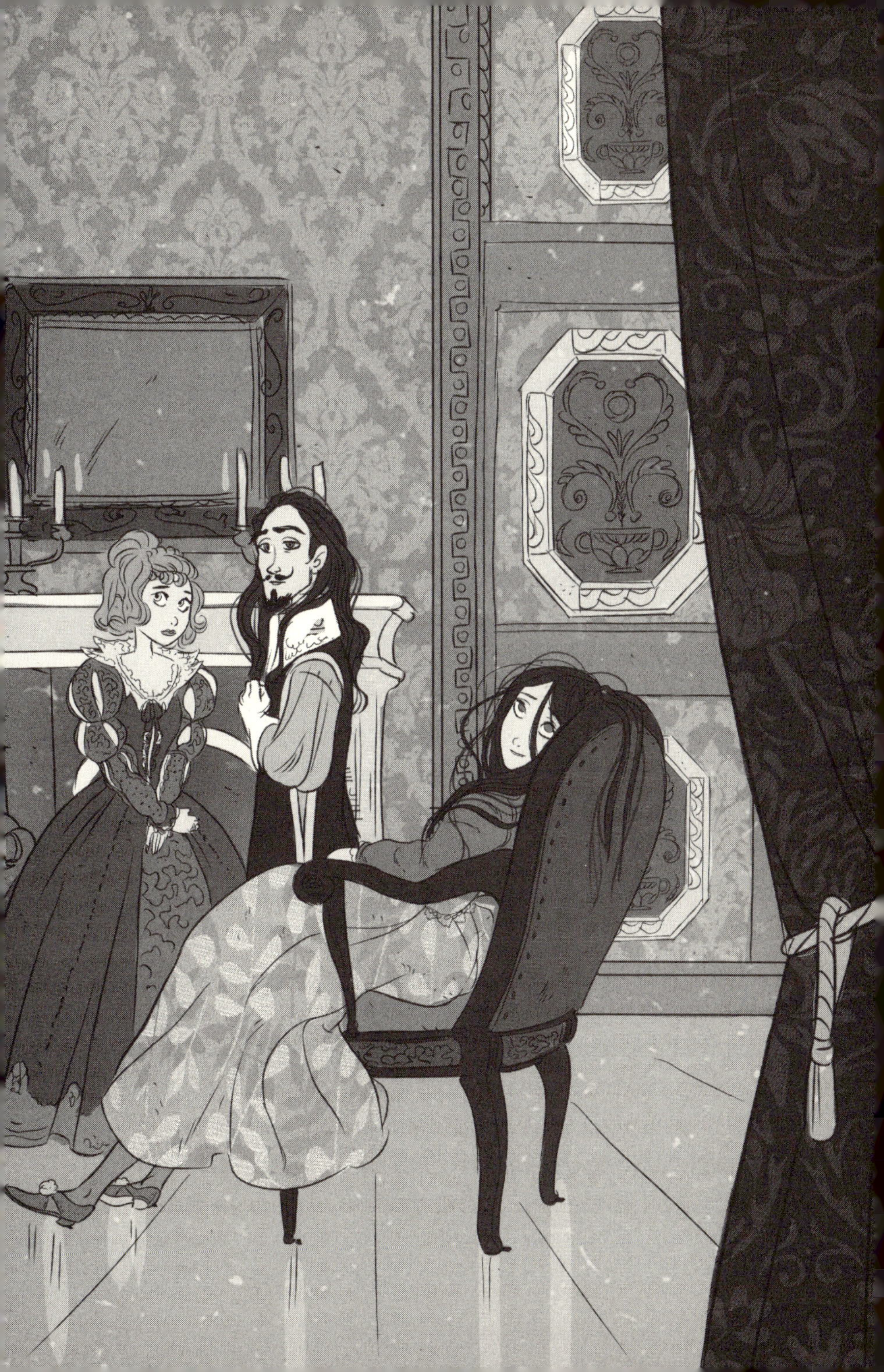

Capitolo XI

tale, stando attenta a non farvi vedere da nessuno.
Alphonsine sentiva la testa girarle. E poiché doveva essere evidente dalla sua espressione, d'Artagnan le mostrò una poltroncina per farla sedere.

– Abbiamo bisogno che voi, oggi, vi spostiate di servizio alla compagnia dei saltimbanchi che faranno lo spettacolo a corte questa sera... – continuò la regina. – E che li seguiate nel palazzo. Il motivo per cui dovete stare con loro è semplice: verrà loro recapitata una bottiglia di vino per lo spettacolo. Una bottiglia che, con grande probabilità, verrà consegnata dal cardinale Richelieu o da uno dei suoi uomini. Rochefort, il giovane Jean o qualcun altro...

– Non c'è persona al palazzo che non conosca, Vostra Maestà – rispose Alphonsine, tranquilla.

– Molto bene – continuò la regina Anna. – Il favore che vi chiedo è questo: una volta individuata la bottiglia che verrà utilizzata per lo spettacolo, dovrete sostituirla con un'altra identica.

– Senza che nessuno vi veda – aggiunse d'Artagnan.

– Volete che io scambi due bottiglie di vino? – ripeté Alphonsine, interdetta.

– Esatto. E che mettiate da parte, per me, la bottiglia che avrete portato via... – concluse la regina.

Le coppe di vermeil

– Pensate di poter fare questo per me, Alphonsine?
La governante annuì. Certo che poteva, anche se si trattava di una richiesta così bizzarra.
– Nessuno si accorge mai di quello che fanno le persone come me – disse, ad alta voce.
– Esattamente quello che pensavo! Ho già dato ordine alle cucine di lasciarvi muovere a vostro piacimento e di soddisfare subito le vostre richieste perché possiate sostituire la bottiglia, dato che, purtroppo, non sappiamo ancora quale sarà.
– Consideratelo già fatto, Vostra Maestà... – disse allora la fidata domestica.
D'Artagnan la scrutò, come per testare le sue parole. Ma Alphonsine aveva ben altri segreti, di cui il moschettiere non era al corrente. E non era stata messa alle dipendenze della contessina Blanche per caso. Forse, si domandò la governante, la regina sapeva tutto sul suo conto? Impossibile.
Alphonsine rimase un attimo in ascolto per verificare se ci fosse altro da sapere, e poi, con un inchino, si alzò.
– Grazie per aver pensato a me, Maestà – disse. – E ora, se posso, metterei subito a letto la contessina de la Fère, sperando che questa sera sia un poco più presentabile!

Capitolo XI

– Con piacere! Andate, su!

Blanche e Alphonsine si accomiatarono, con la seconda che scortava la prima camminandole immediatamente dietro, senza dire una parola.

– Poi, un giorno, mi direte cosa c'entrate voi con questa faccenda, vero, mademoiselle de la Fère? – sbottò la domestica quando ebbero raggiunto le scale.

– Te lo prometto, Alphonsine – sbadigliò Blanche.

– Puzzate come se foste appena uscita da una prigione – aggiunse Alphonsine, scortandola fin sulla porta della sua camera da letto. E prima di sbarrarla, aggiunse: – Non voglio sapere niente. Tenetevi la vostra storia, e io mi terrò la mia. Darò ordine che possiate dormire fino al pomeriggio. E poi, alle cinque spaccate...

– Mi farai l'occhiolino.

– Vi metterete il vestito di tulle che vi ho preparato in fondo al letto! – terminò Alphonsine. – Che occhiolino?

– Se avrai sostituito la bottiglia, mi farai l'occhiolino, così io lo farò sapere alla sovrana, va bene, Alphonsine? – domandò ancora la ragazza.

La domestica sbuffò: – Va bene! –. E poi le sbarrò la porta da fuori.

LE COPPE DI VERMEIL

Come se fosse sufficiente a tenerla ferma, pensò, mentre scendeva, due gradini alla volta, le scale.

A mezzogiorno spaccato, nello studio di Palais Cardinal, Richelieu irruppe nelle sue stanze, facendo sussultare Jean.
Il giovane segretario si stava arrovellando su alcuni documenti di rendicontazione. Lo guardò due volte, accorgendosi che reggeva, sottobraccio, una divisa da moschettiere. Gli occhi del cardinale, negli ultimi giorni scuri, freddi e livorosi, quel mattino ribollivano di un qualche indecifrabile entusiasmo.
– Ehm. Salve, Sua Eminenza – salutò Jean, perplesso. – Buon trentaduesimo anniversario di Sua Maestà re Luigi – improvvisò, per darsi un tono.
– Già. Oggi è un gran giorno, guascone... – gli fece eco lui. – Come si diceva dove gli imperi li sapevano amministrare: *panem et circenses*, mio caro! Fanfare, bandiere e pietanze da favola, che servono solo per ricordare agli stupidi l'inespugnabile *grandeur* imperiale... e agli scrittori più acuti la mia genialità politica!
– Naturalmente, eccellenza... – rispose il segretario, senza aver capito quasi nulla di quello sproloquio.

Capitolo XI

Il cardinale ripose la divisa al suo posto, tra la sua armatura e la libreria su cui erano appoggiati due quadri di Rubens. Quando adocchiò l'ultima copia de *La Gazette* aprì le sottili labbra in un sorriso.
– Abbiamo invitato i gazzettini alla festa di stasera? – domandò.
– Certo – rispose Jean, che se ne era occupato personalmente.
– Bene! Avranno da scrivere, io credo!
– Magnifico, Eccellenza. C'è da scommetterci.
Richelieu si sistemò i paramenti cardinalizi con la stessa concentrazione di un soldato in partenza per la guerra. Si avvitò intorno al collo una catena che terminava in una croce d'oro tempestata di topazi e infilò in testa una berretta a tre punte.
– Uscite di nuovo? – balbettò Jean.
Per tutta risposta, il religioso aprì una teca di vetro piuttosto polverosa e ne tirò fuori due calici smaltati in argento dorato, che teneva in serbo per le grandi occasioni.
– Jean?
– Sì, Eccellenza?
– Porta questi a lavare nelle cucine... – disse, e sollevò i bicchieri davanti agli occhi. – E fatti con-

Le coppe di vermeil

segnare, dal maestro della cantina, una bottiglia di Bordeaux del 1601.
– Molto bene, signore.
Richelieu gli passò i calici.
– Hai mai letto le storie di re Artù, Jean? La ricerca del calice del Santo Graal?
– Temo di no, signore.
– Dovresti, mio caro, dovresti. Anche se purtroppo non troverai mai scritto che il Graal, in realtà, era un boccale di vermeil, come questi!
– È un peccato, signore.
– Sì, è un vero peccato! – rise il cardinale. Poi trattenne uno starnuto e si guardò intorno. – A proposito, se vedi *la ragazzina*, falle i complimenti. Tornare viva dalla corte dei miracoli è un vero miracolo! – disse, contemplando con soddisfazione la boccetta colma.
– Vi sentite meglio oggi, Vostra Eminenza?
– Terribilmente bene, ragazzo: mi sento già guarito!

CAPITOLO XII

LA FESTA DEL RE

...

A poco a poco scese la sera, su tutte e due le Parigi: quella che si abbuffava, giocava d'azzardo e andava a caccia. E quell'altra che cuciva, scavava, puliva, sistemava e faceva risplendere l'argento.

Blanche venne svegliata alle cinque spaccate da una sequenza di colpi alla porta. Era Odette che, per l'occasione, avrebbe sostituito Alphonsine nel vestirla.

– Posso fare da sola! – protestò Blanche.

– Ho ricevuto ordini di non fidarmi di voi, mademoiselle. E dunque non mi fiderò.

– Voi non capite!

– Sì che capisco. E meglio di quanto immaginiate. Forza!

La domestica trascinò Blanche al bagno senza troppi complimenti, la fece lavare e profumare e poi, senza nemmeno considerare le sue richieste, la infilò di peso nel vestito che Alphonsine aveva scelto per lei.

– È troppo stretto!

– Non voglio sentire una parola!

– Dico davvero! Soffoco! Ridatemi Alphonsine!

– Sciocchezze! Una vera signora sa come risparmiare il fiato. Avanti! Fuori!

La festa del re

E così Blanche si presentò ai festeggiamenti per il re boccheggiando, con il cielo già scuro e buona parte degli invitati già arrivata. Si infilò tra le persone con rapidi inchini, quanto le consentiva il diabolico corsetto. Si guardò intorno per cercare Alphonsine, d'Artagnan o la regina e capire a che punto fosse il loro piano per sventare quello del cardinale. Vide i moschettieri agli angoli del giardino, Marcel alle stalle, e questo le bastò a sentirsi un po' più rincuorata. Se Alphonsine era riuscita a sostituire la bottiglia che con ogni probabilità Richelieu aveva avvelenato, e se d'Artagnan fosse davvero riuscito a trovare Dimitri Ionescu... allora l'esibizione delle pulci sognanti sarebbe stata davvero impagabile.

In caso contrario, sapeva bene cosa fare.

Avrebbe comunque impedito il brindisi finale.

Tutti i nobili, le persone del clero, gli ambasciatori e i diplomatici, ma anche i domestici, i maggiordomi e i valletti di palazzo sembravano elettrizzati dal cambio di programma. Tutti, a parte madame Bonneval, madame Saint Belmont e un paio di altri guerrafondai nostalgici della tradizionale sfilata delle armi.

Quando tutti furono riuniti nella corte del Louvre, con un rullo di tamburi del musico Vincent de

Capitolo XII

Campan, fecero solennemente il loro ingresso anche il sovrano e la sovrana di Francia. Lui serio e nostalgico come un'ombra nella notte, lei luminosa e leggera come l'aria frizzantina che si era appena sollevata.

Subito dopo i reali, addobbata con fronzoli e gioielli come una regina in miniatura, entrò anche la giovane infanta Maria Teresa, seria e dignitosa nello stupore dei presenti.

Dalla folla si sporse a guardare il conte d'Avaux, alias Plotin, il nome con cui l'uomo firmava i suoi insidiosi *Memorabilia,* dove prendeva in giro tutta la nobiltà di Francia e che tutta la nobiltà di Francia, per questo, leggeva in gran segreto.

Blanche si accodò alla regina.

E lo spettacolo incominciò.

La compagnia di monsieur Dubois mise in scena uno spettacolo meraviglioso di trampoli, gare di equilibri, funi e clave lanciate al volo, fino al *grand final*: la torre umana che Blanche e Marcel avevano già visto nella piazza del mercato.

Con i dovuti accorgimenti. Al posto delle colombe, nel cielo del Louvre vennero liberati altri volatili di ogni tipo: pappagalli, ortolani, gazze, rondini, allodole e persino barbagianni reali.

La festa del re

E al posto dei semplici bicchieri usati al mercato vennero fatti volteggiare calici di cristallo di Boemia, che crearono con i loro scintillii un effetto fiabesco.

Poco prima del momento conclusivo, Dubois prese posto davanti alla torre, e lanciò a suo figlio Sebastian, in equilibrio sulla cima, una bottiglia di Bordeaux del 1601, l'anno di nascita del re. Il ragazzino la recuperò al volo.

E, con suo grande sollievo, Alphonsine le fece l'occhiolino.

Dalla cima della torre, Sebastian stappò la bottiglia e riempì il suo calice, prima di passarla agli equilibristi e ai circensi ai suoi piedi.

– *EVVUALÀ, MOSSIOR* e *MEDAM*, e ora la nostra specialità, dritta dalla Transilvania: la musica di vetro! – annunciò il signor Dubois, con espressione visibilmente tesa.

E i circensi, nella meraviglia collettiva, intonarono con il vetro la melodia della marcia trionfale dei Borboni.

Ci fu un applauso scrosciante, al termine del quale l'energumeno prese nuovamente parola: – *MOSSIOR* e *MEDAM*, il *grand final*! Un brindisi di auguri per il re Luigi XIII!

A questo punto, Blanche si era sistemata a meno

Capitolo XII

di tre passi dalla regina ed era riuscita a sussurrarle: – L'ha fatto!

Re Luigi applaudì estasiato e, al suo fianco, il cardinale si voltò per cercare Blanche con lo sguardo. La ragazza avvertì il suo brivido feroce di autentica gioia. E la spudoratezza con cui la metteva in guardia che qualcosa stava per accadere.

Sotto gli occhi della folla, il signor Dubois lanciò nell'aria due calici di vermeil. Il piccolo Sebastian, saltando dalla cima della torre con una giravolta, li acchiappò al volo. Quando li alzò, erano entrambi colmi, come per magia, di vino color paglierino. Il ragazzino fece alcuni passi in direzione dei sovrani, e porse le coppe.

Il re afferrò la sua e i valletti si scatenarono per riempire quelli di tutti gli altri nobili, perché potessero unirsi al brindisi.

Infine, Luigi XIII si alzò in piedi e sollevò il calice. Accanto a lui, Richelieu fece altrettanto.

– È un giorno di festa, e che si festeggi, orsù! – esclamò il re di Francia.

E a quel punto il cardinale gridò, bloccando il braccio del sovrano: – Fermatevi, Maestà! Il vino è avvelenato!

La festa del re

Ci fu un attimo di sbigottito silenzio. La musica si fermò e un brivido di terrore serpeggiò per tutta quanta la corte.

Tra i nobili dei tavoli vicini, Plotin afferrò il taccuino per segnarsi i primi particolari di quanto stava accadendo.

Il giovane Sebastian era ancora in piedi davanti al trono; il signor Dubois, accanto alla torre, era sgomento.

– Ma che dite, cardinale? – domandò il re, più che altro seccato.

– E soprattutto, come fate a saperlo? – aggiunse la sovrana.

– Ho sentito... l'odore! – improvvisò il cardinale, raggiante. – Non bevete, vi dico! Qualcuno vada a chiamare Bontemps! E Choquet! E Mergnac! –. E poi affondò: – Chi ha invitato questi criminali a corte? Di chi è stata l'idea? –. Sapendo benissimo che tutti erano al corrente che il cambio di programma era stato voluto dalla regina.

– Arrestate quell'uomo! – gridò Richelieu, indicando il signor Dubois, che nel frattempo era corso ad abbracciare suo figlio, scosso dai brividi. Solo allora il gigantesco saltimbanco si rese conto di essersi di nuovo messo in trappola, come un topolino.

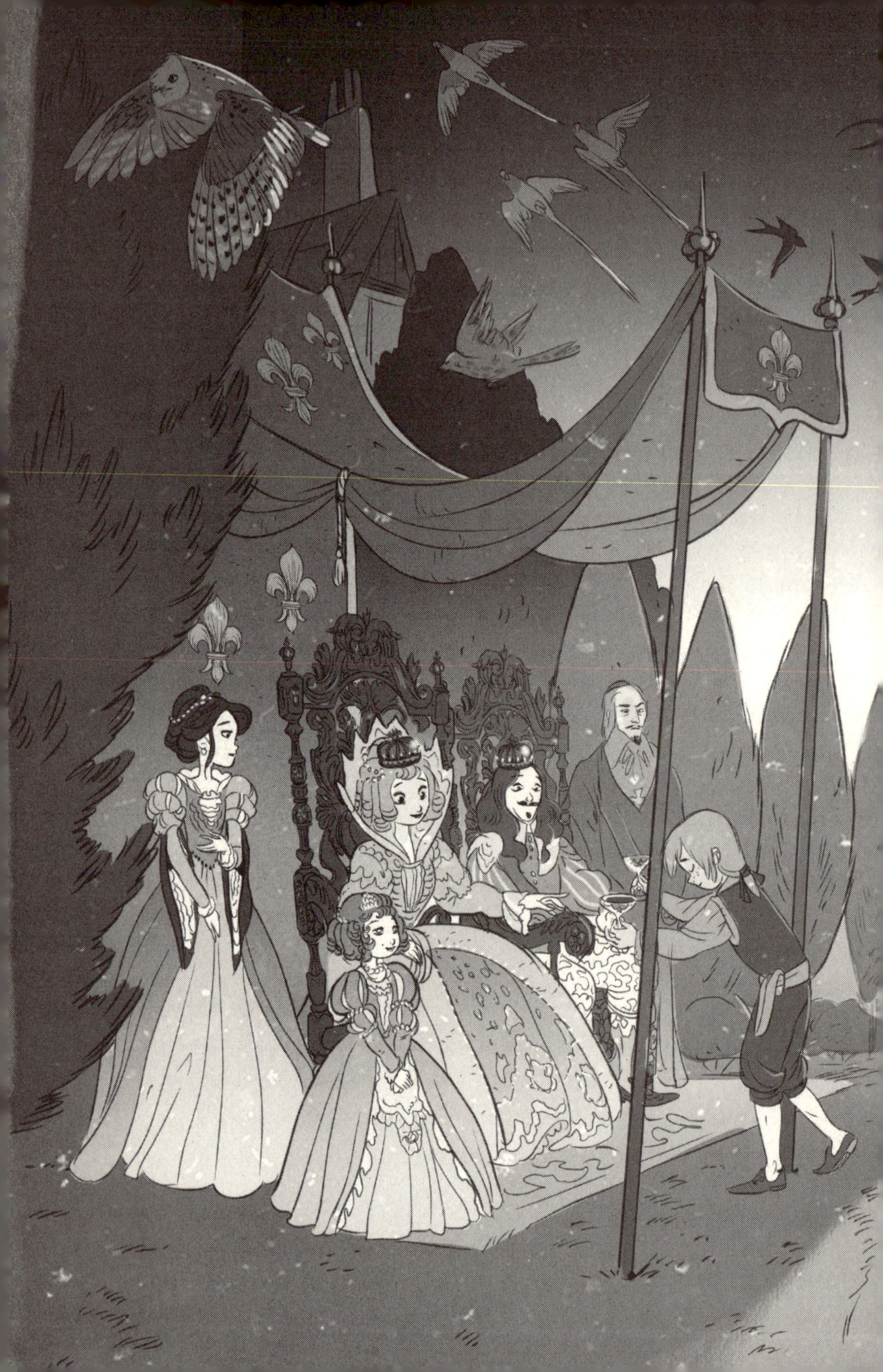

È un giorno di festa.
E noi siamo pronte
a festeggiare, prontissime!

Capitolo XII

– Non ne so nulla, sono innocente! – rispose, guardando le alabarde che si stringevano attorno a lui.
– Chi vi ha dato quel vino? – insistette il cardinale.
L'uomo si limitò a fissarlo, interdetto.
– Parlate! Di chi è stata l'idea di questo brindisi? *DI CHI?*
– Mia! – esclamò allora una voce dall'angolo della corte. Con un mormorio di stupore, il personale accorso a godersi lo spettacolo si aprì in due ali, facendo entrare d'Artagnan in compagnia di un altro uomo.
Un uomo in catene, che lasciò alla consegna dei moschettieri.
– Sono stato io! – esclamò il comandante dei moschettieri, guadagnando il centro della scena.
Il cardinale Richelieu non credeva ai suoi occhi: d'Artagnan che si andava a consegnare ancora prima che lui avesse fatto confessare Dubois e che avessero trovato la finta pergamena, di grazia? Si appoggiò al tavolo, livido di stupore.
– Miei sovrani, signori e signore della corte, spero che lo spettacolo vi sia piaciuto! – esclamò il più abile spadaccino di Francia, raggiungendo i

La festa del re

circensi, e poi Dubois e suo figlio Sebastian. – Perché con questo spettacolo arriva una richiesta, mio signore... – aggiunse, inchinandosi davanti al re. – Una richiesta che il signor Dubois non avrebbe mai avuto il coraggio di farvi, e che quindi farò io al posto suo!

Il moschettiere sorrise a Sebastian, che smise di tremare.

– Quando ho saputo della meravigliosa idea di questo spettacolo, mio signore, ho indagato discretamente sulle persone che sarebbero state introdotte a palazzo, e ho scoperto che il signor Dubois si chiama in realtà Damian Ionescu, e che otto anni fa è stato incarcerato alla Bastiglia per alto tradimento...

Il mormorio ai tavoli si fece potente, alcune signore finsero uno svenimento, il cronista annotò furiosamente tutto sul suo taccuino: quello sì, che era uno spettacolo! Un criminale al cospetto del re!

– ...Ma ingiustamente! – continuò d'Artagnan. – Perché otto anni fa Damian Ionescu non era colpevole di alcun crimine. Il colpevole, infatti, era un'altra persona: *Dimitri* Ionescu, cioè... l'uomo che per otto anni ha vissuto libero alle spalle di un innocente! Ma che, questa sera, dopo una furiosa

Capitolo XII

ricerca per le strade di Parigi, ho finalmente trovato. Fu lui, e non Damian, non il signor Dubois, a prendere parte all'attentato alla sorella della regina, facendo in modo che i sospetti ricadessero su suo fratello... Eccoli qui, mio signore, entrambi davanti a voi. In nome della giustizia di Francia, vi chiedo la grazia per l'uomo che si è esibito per voi questa sera. Che possa tornare libero e riprendere con onore il suo vero nome!

A quelle parole, il volto forte e impassibile di Damian si rigò di lacrime.

– Hanno cercato di avvelenare il re! – urlò a quel punto il cardinale, che aveva ormai perso completamente l'attenzione dei presenti.

– Sciocchezze! – esclamò allora la sovrana. – Il cardinale Richelieu sta giocando a tutti un perfido scherzo! Non c'è alcun veleno, nel vino!

E, così dicendo, prese il calice dalle mani di suo marito e lo porse a Blanche, apparsa dietro di lei.

– Salute! – esclamò la regina, facendo tintinnare il bicchiere contro quello della dama. – Alle pulci sognanti!

Blanche fissò per un attimo lo sguardo terrorizzato di Richelieu, aspettandosi che fermasse il brindisi. Se davvero credeva che il vino fosse avvelenato, se

La festa del re

lui l'aveva avvelenato con l'acqua tofana per poi far ricadere la colpa sulla regina e su d'Artagnan, e però aveva a cuore la sua giovane spia, allora, in quel momento, Richelieu avrebbe dovuto intervenire.

Invece il cardinale si limitò a rimanere impassibile, lasciando che l'odiata regina e la sua giovane dama di compagnia appoggiassero le labbra ai calici di vermeil.

È disposto a sacrificare tutto e tutti. Alphonsine, dipendiamo da te. Alla tua salute!

Il silenzio della corte era così totale che si potevano sentire muovere le stelle. Blanche si limitò a inumidire le labbra, mentre la regina bevve un gran sorso, secondo la moda spagnola, nello stupore generale.

Poi posò il bicchiere, rise ed esclamò: – *Bueno!* Buonissimo! Eccellente! Al mio sovrano! E alle pulci sognanti! Bevete, signori! Festeggiate! E in quanto a voi, signor Ionescu, siamo tremendamente addolorati per quello che avete dovuto passare, ma dopo ciò che ho ascoltato avete di certo la grazia della regina, e io credo anche quella del re. Non è vero, mio caro?

Il sovrano tentennò, cercando lo sguardo di approvazione del suo primo ministro che, però,

Capitolo XII

era livido come una statua di pietra. Si sedette di schianto sulla sua sedia.

– Avete la grazia del re! – rispose a quel punto il sovrano.

– Lunga vita al re e alla regina! – scandirono tutti gli invitati dai loro posti.

Gli acrobati bevvero dai loro calici, e così tutti gli altri. E a quel punto, il cielo sopra al palazzo reale si accese di scoppiettanti fuochi circensi.

La regina Anna si sedette, cercando di non dare a vedere quanto fosse agitata. E poi si voltò verso Blanche.

– Quindi, mia cara? Come siamo andate?

E solo allora si accorse che la sua fidata spia era crollata a terra.

CAPITOLO XIII
GRAND FINAL

Blanche si svegliò la mattina dopo. E la prima persona che vide fu Alphonsine.
– Sia ringraziato il Signore! E anche la Signora! – esclamò la fidata governante, baciando la Madonnina sulla coroncina del rosario nascosto sotto il grembiule. Si scapicollò da lei e le bagnò la fronte con un fazzoletto umido. Poi gridò:
– Antoine! Corri ad avvertire la regina che Blanche si è svegliata!
– Cosa mi è successo? – domandò la ragazza, mettendo a fuoco a poco a poco il soffitto della sua camera. E poi ricordò: il brindisi, il vino aspro che le pungeva le labbra e...
– Sono stata avvelenata? – domandò.
Alphonsine rise: – Come solo il vino può fare alla vostra età, contessina! No, state tranquilla, non è stato il vino. Ma il vestito troppo stretto!
– L'avevo detto io, a quella...
– Odette – la corresse subito Alphonsine. – Si chiama Odette. E ha fatto solo quello che io le avevo chiesto di fare. È solo che non aveva notato la vostra ferita, signorinella!
La governante la rimproverò puntandole un ditale da cucito nel punto incriminato, ora perfettamente disinfettato e protetto con una garza.

GRAND FINAL

Blanche si tirò sul letto: – Tu te ne saresti accorta e non mi avresti fatta soffocare nel vestito.

– Non mi sottovalutate, signorina de la Fère. Potrei prendere la cosa in seria considerazione.

– Ma dimmi... cosa è successo, alla festa, dopo che sono svenuta?

Alphonsine stava per rispondere, quando si sentirono alcuni passi affrettati salire la scala. Passi non da regina...

D'Artagnan spalancò la porta senza nemmeno chiedere il permesso.

– Stai bene!

– Signor d'Artagnan! – tuonò Alphonsine. – Che modi! Non si entra così nella camera di una signorinella!

Ma l'abbraccio tra i due la mise a tacere.

– Per un attimo ho temuto che...

– Anche io... che cosa mi sono persa?

– La faccia del cardinale.

– Com'era?

– Indescrivibile. Come quella di Jean, stamattina.

– Jean?

D'Artagnan abbassò la voce a un sussurro: – Sembra che il cardinale, incapace di darsi pace del perché l'acqua tofana non aveva avuto effetto,

Capitolo XIII

stamane ne abbia date alcune gocce ai suoi amati gatti...

– Oh, no! – esclamò Blanche. – Povere bestie!

– Non devi preoccuparti: a quanto pare solo il più vecchio della schiera non ce l'ha fatta. Mentre gli altri, a differenza delle oche, sono malconci, ma possono contare su altre otto vite. E Jean ha dovuto sospendere tutti i suoi incarichi per curarli!

Quindi, avendo provato che gli ho portato davvero quanto aveva chiesto, la nostra copertura è salva. Brava, Blanche!

A questo punto, Alphonsine, che aveva fatto in modo di allontanarsi dal letto e restare alla finestra, si schiarì rumorosamente la gola.

– Se vi sentite di alzarvi, signorina Blanche... – disse. – Credo che ci sia qualcun altro, qua sotto, che intende salutarvi.

Nel cortile sotto alla finestra della sua stanza c'erano Damian Ionescu e suo figlio. E, più lontano, Marcel in compagnia di quello che doveva essere uno dei fratelli Le Goffre. Fuori dal palazzo reale la compagnia delle pulci aveva caricato i carri, pronta a riprendere il suo cammino itinerante.

– Volevo solo assicurarmi che steste bene... –

GRAND FINAL

disse il signor Ionescu, quando Blanche li raggiunse. – E ringraziarvi per avermi invitato a corte. Se non fosse stato per voi, sarei ancora un ricercato.

– Sciocchezze, signor Ionescu... – rispose Blanche. – È tutto merito di d'Artagnan e del suo amore per... ehm... le macchinazioni notturne.

I due si strinsero la mano, forte.

– Ringraziate ancora la regina e ditele, se vorrete... – continuò l'uomo – che la Transilvania è un luogo magnifico. Se mai vorrà viaggiarci, non se ne pentirà.

– Glielo dirò con piacere – rispose Blanche con un sorriso. – La regina è una persona estremamente curiosa. E generosa.

Il capo dei girovaghi guardò i suoi carri, imbarazzato.

– Posso farvi un'ultima domanda, signor Ionescu? – gli chiese invece d'Artagnan. – Come mai non avete fatto il mio nome, quando le guardie vi stavano balzando addosso e il cardinale in persona vi chiedeva chi fosse stato a darvi il vino?

– Oh, ero stupefatto e terrorizzato... – rispose il signor Ionescu. – Ma non avrei fatto il vostro nome nemmeno se si fosse scoperto che avevamo avvelenato il re.

Capitolo XIII

– E perché?
– È molto semplice, monsieur. L'unica cosa importante per me è mio figlio. E voi siete il suo grande eroe. Non potevo deluderlo. Non me lo sarei mai perdonato.
– Ma ieri, signor Damian, l'eroe siete stato voi – intervenne Blanche. – Davanti a tutta la corte del re.

E la giovane si godette lo sguardo con cui Sebastian osservava prima d'Artagnan e poi suo padre, come se fossero la stessa persona.

Ecco un ragazzino finalmente soddisfatto della propria discendenza.

A quel pensiero, Blanche fece un lungo sospiro. Odiava i saluti.

Soprattutto quelli che avevano un che di definitivo.

– Sapete già dove andare? – domandò.
– Oh, sì. A nord – rispose il signor Ionescu. – E poi in Spagna. E se schiviamo i pirati, in Italia, a Ferrara. E da lì finalmente a casa.

– Eccovi! Eccovi! – urlò in quel momento Marcel, arrivando loro accanto. – Fermi tutti, signori del circo!

– Ordini della regina! – aggiunse Thibaut, il terzo figlio del signor Le Goffre.

Grand final

– Che succede ancora? – chiese Blanche.

Il giovane stalliere portava con sé la cavezza di una puledrina di poche settimane. Appena la riconobbe, Blanche spalancò la bocca e fissò Marcel, stupefatta. La cosa non sfuggì a d'Artagnan, che le lanciò uno sguardo del tipo: "C'è qualcosa che devo sapere, di voi due?".

Con una certa solennità, lo stalliere del reconsegnò la cavezza al giovane Sebastian. – È per voi, signorino – disse.

– Per me? – si stupì Sebastian, guardando suo padre.

– Un valletto della regina è arrivato poco fa da noi, facendo richiesta che il "nostro puledro più speciale" fosse da donare al più giovane di una straordinaria banda di sognatori.

Mia signora!

Blanche si sentì invadere il cuore di felicità e cercò con lo sguardo la sovrana alle sue finestre.

La regina si era affacciata in quello stesso momento e stava facendo loro un rapido saluto.

La ragazza più ribelle dell'intera corte di Francia era raggiante. Pensava a mille cose e non riusciva a togliere lo sguardo da Marcel. Era stato lui a consigliare proprio quella puledrina?

Capitolo XIII

Da come sorrideva compiaciuto ed evitava di ricambiare lo sguardo, si sarebbe detto proprio di sì.

E così quello zotico di Jarjays se ne farà una ragione.

Sebastian teneva la puledrina per la cavezza, imbarazzato.

– Non so come ringraziare... – balbettò.

– Tutto ciò che devi fare è darle un nome – gli disse suo padre.

– So bene come chiamarla! – rispose allora il ragazzino. – La chiamerò... Blanche! Se non vi offendete, signorina!

Blanche, anziché offendersi, scoppiò a ridere.

– Oh, questa poi! – disse Marcel.

– Cosa hai, tu, da ridere?

– Niente! – rise l'aspirante moschettiere, indicando la bella puledrina dal manto chiaro. – Sono sicuro che sarà una cavalla tenace e affidabile. E...

– E...? – lo incalzò Blanche, con le mani sui fianchi.

– Finisci la frase, ragazzo – gli disse anche d'Artagnan.

– ...E testarda, indomabile e con la criniera perennemente arruffata! – terminò Marcel, mettendosi poi a correre.

Grand Final

Rimasti soli, Damian e d'Artagnan si strinsero un'ultima volta la mano.

– Mio figlio aveva ragione – concluse il signor Ionescu. – È stato un piacere conoscere il vero d'Artagnan.

– E per me, conoscere un vero sognatore – rispose il moschettiere, sfiorandosi la piuma sul cappello.

FINE

INDICE

I.	Un *cadeau* per il re!	13
II.	Stalle, puledri e liocorni	29
III.	A caccia d'ispirazione!	39
IV.	Le pulci sognanti	53
V.	Una lettera per il cardinale	61
VI.	Alla corte dei miracoli	77
VII.	Intrigo alla *tarte tatin*	93
VIII.	Un patto scellerato	105
IX.	Acqua tofana	119
X.	La Bastiglia	135
XI.	Le coppe di vermeil	147
XII.	La festa del re	163
XIII.	*Grand final*	177

BLANCHE

SOTTERFUGI, INSEGUIMENTI,
DUELLI, CORSE SUI TETTI DI PARIGI...
MA ANCHE BALLI, MESSAGGI SEGRETI
E BATTICUORI:
QUESTA È LA VITA DI UNA SPIA
ALLA CORTE DI FRANCIA.

SCOPRI ANCHE
LA PRIMA AVVENTURA

UNA SPIA PER LA REGINA

1633, corte di Francia. A palazzo, tra le sale del Louvre, vive un'astuta ragazza: Blanche de la Fère, dama di compagnia della regina Anna e spia dal cuore coraggioso, nonché lesta spadaccina presso il quartier generale dei moschettieri di d'Artagnan!